La lluvia amarilla

黃雨

Julio Llamazares
胡利歐・亞馬薩雷斯————小說
葉淑吟————翻譯

【專文導讀】

「我思我不在」

——全知的缺席再現記憶的廢墟

文／張淑英教授

一九五五年出生在雷翁省（León）一個悄然消失的村莊——維加迷岸（Vegamián）的胡利歐．亞馬薩雷斯（Julio Llamazares），一九八八年完成的第二部小說《黃雨》（*La lluvia amarilla*）將西班牙這個西北部消失的村莊記憶挪移到虛構的東北部——庇里牛斯山的艾涅爾（Ainielle）。今年進入花甲之年的他，在二〇一三年出版社以影音及舞台劇紀念版慶祝《黃雨》長銷二十五週年的喜悅之後，二〇一五年二月在我撰寫此文時，與他談論中文版的面世，他說彷彿「安德烈斯的獨白有了對話、艾涅爾消失的足跡越過山林，相遇在他鄉國度；欣喜之外，另有一番好奇與期待」。

《黃雨》的構圖以西班牙內戰的氛圍為浮水印，透過艾涅爾小村最後一位居民安德烈斯（猶如背著十字架的聖安德烈斯）的記憶，在蕭瑟的秋日望著窗外的落葉，幻想烏維斯卡區（Huesca）白雪皚皚的景致，在他生命的最後日子回顧記憶點滴、片片段段／斷斷又跳躍式地訴說這個被遺棄的村莊、無助的居民、苦守故鄉的寂寞；他的一家五口到最後僅剩他一人獨處的淒涼。主角／敘述者在想像和記憶中描繪艾涅爾這個孤寂、荒涼、傾圮的村莊和逝去的居民：「但是我，索沙斯家的安德烈斯，艾涅爾的最後一個居民，並沒有發瘋，也不覺得自己遭到判刑，除了我一直到臨終前，都瘋狂地忠於我的回憶和屋子」（十七章）。從小說述及四個較明確的時間判斷（家人的動態、蘋果樹的年齡），安德烈斯生於一九〇一年，一九七〇年逝世。

《黃雨》有許多耐人尋味的隱喻，有一些似曾相識的情境，又有一些與眾不同的特色。時而被歸列在一九六八學運文青世代的亞馬薩雷斯，創作濡染著「實驗性」的技巧，但處於一九七〇年代西班牙小說創作的青黃不接時期，亞馬薩雷斯又有著別出心裁，強調個人化風格的企圖心，尤其在語境和文字結構；加上名列西班牙文壇所謂「卡斯提亞—雷翁」自治區域作家群，隱隱約約讓人讀到院士作家戴利貝斯（Miguel Delibes）的《純真聖人》（*Los santos inocentes*）或是路易斯．馬特歐（Luis Mateo Díez）的「塞拉瑪三部曲」（El reino de Celama），甚或墨西哥的魯佛（Juan Rulfo）的〈路比那村〉（"Luvina"）的互文，這些作品均著重在描寫人口外流，村莊儼然成為荒野廢墟的景象。

從負面書寫的技巧面向而言，《黃雨》的意境抒情，鋪陳細緻，亞馬薩雷斯以一種「透明、意識流、自主方式」的獨白，「頹廢的美學文字」形構安德烈斯這樣一個山區牧羊人的身分。艾涅爾的消長對應安德烈斯的心境變化，景色與人在時光流逝中共時性老化凋零。全書二十篇章，沒有標題，安德烈斯的回憶像跳房子遊戲，但是沒有太多大事紀或明確的情節，讀者需從小說結構去拼貼組合安德烈斯的回憶，每個段落間的空白是小說另一個耙梳結構，故事從段落間的留白銜接或斷裂，這樣的布局可說與魯佛的《佩德羅・巴拉莫》（*Pedro Páramo*）如出一轍。小說全書的鋪陳可整合為兩個部分，第一部分是第一章和第二十章，以及第二章啟始，第十九章末節；以線性倒敘主角身後的未來情境，這個部分是安德烈斯記憶體的框架。第二部分則是第三到十九章，以及第二章結束；以內心獨白、跳躍式追憶過去（穿插若干現在式），呈現安德烈斯最後四年處於恐懼痛苦、瘋癲幻想的日子，當中並提供一些線索，例如莎賓娜的死，作為散灑記憶的軸心。文字篇幅從第十二章開始縮短，不超過五頁，隱喻安德烈斯日薄西山、侷促不安的身心狀態。

《黃雨》寓意豐富、意象繁複又諸多指涉，引人入勝在它的書名。從第一章的遺忘、瘋狂、死亡、孤獨等徵狀可以意會黃色的負面譬喻。「黃雨」的象徵可從五個介面觀察：一、大自然的元素，例如小說諸多月亮的意象描寫；試想梵谷畫作呈現死寂的大自然，就是用黃色點描。二、可從日常生活觀看，例如發黃的老照片；可從外表的特徵觀察，在歐洲，黃色是戲劇表演的禁忌色彩，例如莫里哀死時是套進一件黃色的衣飾；中世紀時瘋子身穿黃衣，和常人有所區別；小說裡則是提到莎賓娜泛黃的眼睛（第三章）。三、也可以從物品、建築、空間的變化，例如小說提到村莊的土坯、牆壁、屋頂、門，都是黃色。四、可從心理狀態分析：「那晚瘋狂第一次將黃色的幼蟲種在我的靈魂裡」（第五章）。五、或是抽象的喻意：玻璃、街道、水、天空……「惡夢裡閃電的黃色光芒」（十五章裡黃色象徵展現至極致）。《黃雨》有十處（第二、四、六、八、九、十、十二、十四、十五、十九章）直接以「黃雨」影射物質和心靈、生理與心理的情緒揪擾，一種憂鬱的哀愁逐漸邁向老化、頹廢和死亡：「黃雨就要洗去對親愛的人的回憶和她那雙眼眸的光芒」（第二章）；「我的人生，恍若一條淤塞的河流，驀地停止了流動，此刻，在我眼前的，只有死亡綿延而去的無際悲涼景色，以及無止盡的冬季，那兒有著死氣沉沉的居民和樹木，還有遺忘的黃雨」（第四章）。從這些主角的獨白絮語就可以感受亞馬薩雷斯刻意鑲嵌雕琢的黃色象徵。

一如西班牙另一位作家米雅斯（Juan José Millás，一九四六），亞馬薩雷斯也善用「假體」（prótesis / prosthesis）的意象和替身象徵：鏡子、狗、老照片、肖像、繩子、蘋果樹、石頭，從身邊的景物到古老的傳說，以物、空間替代身體（人與環境、地理的因緣），睹物思人……等等。從凝視的眼神透視記憶的深度與尺度，將物擬人化，且讓有生命的人體透過無生命的物體延伸想像與記憶。亞馬薩雷斯透過安德烈斯，細膩省思生命、時光、情感、身分的意義，平穩冷靜中隱含痛楚、無奈和堅執。例如，牽引安德烈斯記憶的亡妻和兒女的鬼魂；和三戶僅存的鄰居的道別；日日陪伴身邊的狗最後親手槍殺了牠。安德烈斯和母狗相依偎的敘述令我們聯想《杜瓦特家族》裡杜瓦特和母狗起司霸的關係。《黃雨》帶出許多發人深省的細微和西班牙文學的脈絡、傳統與現代圖像。諸多元素需細嚼慢嚥，始能領會安德烈斯全知卻已缺席的漫長獨白，造就亞馬薩雷斯和《黃雨》成為普羅和學院的閱讀經典。

二〇一五年二月九日於馬德里

【專文推薦】

一個小村莊的腐爛與萌芽

文／929樂團主唱吳志寧

一樣的日出日落，一樣的狩獵與農作，但整個村落卻只有「自己」一個人，主角用第一人稱方式，從那棟位於韋斯卡省上隘口的老房子開始，講述自己在艾涅爾經歷的最後一段時光，藉由妻子與母狗的故事，以及離去的兒子與過世女兒的回憶，將自己孤獨的心境與理由，攤開在世人眼前，彷彿作者親身經歷過這樣死寂寒冷的冬夜一般。

胡利歐的文字雖然冷冽，但就像黑洞一樣，一旦你靠近，便會深深被吸引，我完全無法停止閱讀，渴望知悉主人翁最後的境遇，即使自書中迎面而來的感受是恐懼黑暗，卻因為胡利歐的文字，變得充滿詩意，魔幻而美麗；雖然書中的畫面如此迷濛灰暗，但主角對於這個小屋，這個村莊，以及對妻子莎賓娜與兒女的思念之情，卻是如此動人。

自主角的兒子安德烈斯在一九四九年離去，整個艾涅爾的沒落急遽加速，在主角獨自度過的一九六一年跨年開始，他才真正意識到妻子的離去與自己百分百完全的孤寂，也因為對妻子的思念與矛盾的恐懼，逼迫他將與妻子有關的回憶，全部銷毀，讓自己真正完全地孤獨，連回憶也無法陪伴他。

當然故事裡是充滿矛盾的，我也曾想過為何書中的主人翁不願離開艾涅爾，一開始以為他是因寒冬與大雪無法離開，但春天來臨時，他卻只是下山到畢斯卡斯城鎮採買，然後又回到艾涅爾繼續在梯田與果園工作，即使他已經是艾涅爾在漫長寒冬後，僅存的一位村民，也不願離開他一生熟悉的住所。這樣陰暗的矛盾，卻又彷彿透露對家園不捨的情感，讓我在深夜裡，因為這樣糾結的文字而震撼不已。

胡利歐筆下有許多驚人的意象，有時會覺得難以承受，但又有著無法言喻的魅力與深刻的感受：最後一戶鄰居的告別，上吊自殺用的繩索，被毒蛇咬到後，獨自在床上與死神的搏鬥過程，後段駭人的幻覺與槍殺的清晨，而最可怕的莫過是曾經在艾涅爾一起生活的朋友、家人、愛人所擁有的回憶，反覆吞噬與撕裂僅有的生存意志。而這些黑暗，如此魔幻而寫實，讓人永難忘懷。

我從小生長的村莊「圳寮」，是一個很幸福的農村，但也曾經或甚至正在經歷一樣的人口外流與老化現象。記得小的時候只要爸媽帶我到附近的城鎮遊玩，我都會以為是要去台北，因為台北對我而言才是一個有趣的地方，上大學選填志願，也一定是以離家越遠越好為目標。直到在台北生活的這幾年，才切身感受到城市雖有繁華與便利，但擁擠與速食消費，卻讓心非常不踏實。而農村生活雖然看似平淡無趣，卻讓心靈有更多沉澱與思考的空間與時間。

胡利歐筆下的艾涅爾，也許境遇不像溪洲鄉一樣幸運，但也正因為艾涅爾這樣典型的廢村景象，讓我們更發覺一個村莊的生長與萌芽，是需要更多年輕的生命注入，一如艾涅爾曾經的村莊風光，也在作者筆下栩栩如生一般。

《黃雨》講述的是一個人孤獨度過漫長寒冬與節日，一個城鎮衰老凋零的過程，但我認為在這樣極端死寂的故事裡，其實也反映著春天的第一道曙光，寒冰融化後匯集的河流，以及生為人最不該放棄的傳承與希望。

在經過那麼多的煩悶和冬雪過後，黎明終於以不同的樣貌到來。

（本文作者吳志寧為台灣著名鄉土詩人吳晟之子，從小生長在彰化縣溪州鄉圳寮村。）

作者序

《黃雨》二十五週年

《黃雨》自一九八八年出版以來，已經過了二十五個年頭，這是我的第二本創作，也是到目前為止最廣為閱讀並翻成眾多語言的一本。這本小說並非比其他本精采，不過我們作家下筆，確實是以希望其他人能閱讀為目標，《黃雨》是我的創作中，最接近目標的一本。

除了前述外，這本小說並沒有在書店颳起什麼超文學旋風，在我看來，除了驚訝外（當我下筆時，怎能想像會對特定的人造成某種影響呢？），我覺得相當滿意。我是指這種影響還延燒到今日，變成大家願意讀的主要原因，彷彿這本書不僅僅只是小說而已。

事實上，一直有人到我小說裡的舞台艾涅爾朝聖，儘管那兒已化為一片廢墟，卻依然存在真實的世界中（位於韋斯卡省的上隘口，是一片美麗但是荒涼而險峻的地形），有人替女兒受洗時，因此給她取了這個地名，每年十月的第一個禮拜六，會有上百人照著小說主角行走的路線，從那個遙遠的小村莊下山到山谷，總而言之，有讀者相信《黃雨》是某種異教的聖經——把鄉野化為失落的樂園，但從來不是這樣，即便追溯到更久之前也不是這樣，這意謂，許多人把這本小說想像成另一種樣貌，起碼這不是我的意思。我的意思是《黃雨》是一本沒比其他小說好或者差的小說，但不論如何，也不比其他小說易讀。相反地，出版當時，我以為這本書只限於不被重視的小眾市場，我是如此告訴我當時的編輯，已故的馬里歐．拉庫魯斯（Mario Lacruz）先生，他在我第一本小說《狼月》（*Luna de Lobos*）意外獲得成功之後（這算第一本），一直期待著第二本，他相信新的一本至少會獲得第一本的結果。

結果不但不同，還遠遠超乎了預期。我不敢置信（馬里歐・拉庫魯斯一樣目瞪口呆，後來他告訴我他對成功與否，也沒抱著多大的信心，畢竟這本書描述的是一個遠在只剩他一個居民的小村莊瀕臨垂死邊緣男子內心的獨白戲），小說在短短幾個月內加印了好幾版，躍上暢銷書排行榜，獲得讚不絕口的評語（當然也招致負面聲浪），以及某個沒有刻意追求的獎項，譬如西班牙出版年度書商金書獎（Libro de Oro），然後開始在其他國家上市，到現在為止還持續在進行。但除了暢銷和書評外，最讓我感到驚訝的是小說從一開始就帶給大眾衝擊，而這種衝擊並沒有因此削弱這本書的特性（或蓋過小說本身；至少身為作者的我可以這麼說），也就是這部作品它不單只是純文學，還涉及社會題材；而這本涉及社會題材的著作恰巧遇上了一種現象：當時西班牙鄉村人口正在流失，《黃雨》是以這個題材作為主軸，但這種現象並非第一次藉由文學發聲。我在創作《黃雨》和先前的《狼月》時，都不經意地碰觸到一種題材，除了自己感興趣外，也引起成千上萬人的共鳴，他們或許正在經歷同樣的經驗，或者已親身經歷過，而在此之前，他們不曾在其他地方找到共鳴。

因此，我要承認《黃雨》出版的成功部分應該歸於時機，儘管我當時連想都沒想過，出版《狼月》時也一樣，這是第一本在西班牙發行談論佛朗哥時期持續兩三年之久的內戰的小說（當然是以當時的角度敘述）；在那個現代主義風行的八〇年代，我思考過一本談死亡和鄉村人口凋零的小說實在不合時宜，如同我的寫作方式也不符合潮流。可是我並沒有因而不以這本小說為傲，除了成千的西班牙和國外的讀者，我更結交了許多朋友，他們在大街小巷與我攀談，告訴我小說如何讓他們感到震撼（許多人甚至誇口他們買了幾十甚至幾百本贈送給親朋好友），尤其是來自阿拉貢自治區北部的胡立歐．葛文

（Julio Gavín）或安立奎．沙圖耶（Enrique Satué），他們愛上了庇里牛斯山和上隘口（第一位朋友窮盡畢生之力解救他們家鄉的遺產，因為他們的家鄉在鄉親毅然決然地棄村之後化為廢墟，第二位朋友跟艾涅爾有淵源，他母系的家族來自那裡，不過也因為他對這個小村莊的調查和研究，最後一份調查的專題文章就叫做黃色的記憶），非常具有意義，他們把我當作一份子，儘管我除了小說外，跟那裡一點關係也沒有。一如哥倫比亞諾貝爾文學獎得主賈西亞．馬奎斯所言，作家創作是要交朋友，據我了解，《黃雨》也遠遠地達成這個目標。

巴拉爾出版社（Seix Barral）在小說問世第二十五週年，發行了一個新的版本，這一次附贈一張光碟，是由艾德多．魯伊斯（Eduardo Ruiz de la Cruz）製作的緣起紀錄片，讓讀者一覽小說裡描繪的景色。影片還收錄之前戲劇製作公司（Inconstantes Teatro）把小說改編的舞台劇片段（在此之前還有其他兩部，只是以舞蹈呈現，一部在荷蘭，另一部在西班牙演出），以及艾涅爾還有居民時以及荒廢不久後的照片，當作是故事外的補充題材以吸引讀者，讓他們也能認識故事的舞台。

我要感謝巴拉爾出版社製作這個版本，此外也要謝謝讀者總是對我展現親切（對我以及我的小說），還有所有沒讓小說被打入冷宮的人，雖然我本著自己一貫的風格，從不因妥協而寫作，這本著作卻能在問世二十五年，一段如電光石火的時間過後，依然為人所傳頌及閱讀。

胡利歐．亞馬薩雷斯（Julio Llamazares）

獻給克里斯丁・阿爾雷馬勒（Kerstin Ärlemalm）

艾涅爾是存在的。

一九七〇那年，這裡完全廢村，但是屋子仍矗立原地繼續撐著，在靜謐中、遺忘中，和冬雪中慢慢腐朽。這裡叫上隘口，位於韋斯卡省的庇里牛斯山區。

然而，這本書的所有角色都是作者所塑造，儘管（他自己也不知道）可能真有其人。

I

當他們到達上隘口高處，天色一定開始變暗了。一片黑漫漫就像一波波海浪沿著山巒前進，溫和模糊的太陽染上了一層血紅，拖著腳步經過他們面前，幾乎是有氣無力地照撫著荊豆叢和一堆殘磚碎瓦，那是昔日矗立在上隘口的一棟孤單屋子（在嚇醒睡夢中一家子和他們所飼養的牲畜的那場惡火發生之前）。帶領整支隊伍的那個人會在屋子旁停下腳步。他會凝視廢墟和籠罩這兒的駭人死寂。他會默默地在胸前比劃十字，然後等待其他人跟上來。這晚，所有的人都來了：荷西、帕諾家的人、雷宜諾、丘瓦諾魯斯、煤炭小販貝尼托、艾涅托和他的兩個孩子、拉蒙，巴沙家的人。他們全是經年累月工作淬鍊出來的硬漢，勇敢的他們早已習慣山區的悲愴和孤寂。但即便如此——而且即便他們一定帶著棍棒和獵槍全副武裝而來，這晚瀰漫恐懼和不安的昏暗依舊會包圍他們的眼睛和腳步。他們也會凝視半晌燒毀的大宅邸那頹圮的牆壁，然後看向遠處其中一人所指的地點。

遠遠地，在他們正對面的是坐落在山坡上艾涅爾，以及它擠在岩石與田地之間奄奄一息的屋頂和樹木，這時村莊已經開始沒入在黑夜初臨的黑暗中，這兒離西邊遠，天黑的腳步總是快了些。從山丘往下看，懸掛在峭壁上的艾涅爾，恍若一堆飽受摧殘的石板瓦，只有比較低矮的屋舍——被河流濕氣影響的屋舍，那玻璃和屋頂還能反射太陽最後一絲的餘暉。除此之外，只有絕然的靜謐和無聲無息。沒有一丁點聲響，沒有一絲絲煙霧，街巷不見人煙或影子。有那麼多扇窗戶，卻聽不見窗簾輕柔的沙沙聲，或屋前掛著的床單的啪啦聲。從遠處看不到任何生命活動的跡象。然而，凝視小村莊的這幾個人知道，在沉重的死寂當中，在沉悶的寂寥和層疊陰影當中，我會看到他們，並等待他們。

他們將繼續路程，經過那棟屋子的廢墟之後，沿著往下延伸直達村莊的小徑，穿過橡樹林和石板岩區。路在斜坡開始變窄，緊貼著山坡，好似拖著身體尋找附近哪裡有潮溼處的一條大蛇。有時，路會暫時被灌木叢遮蔽，有時則完全不見蹤影，好長的一段路，只有厚重的地衣和荊豆叢。這些年來只有我踩過那條路。於是，默默前進的他們會把腳步放慢許多，不變地朝著前方邁進。很快地，他們會聽到河水深沉的淙淙聲。有隻貓頭鷹的叫聲迴盪在橡樹林裡——或許正是此刻飛過我窗戶前面的這一隻吧。這時天色完全變暗，帶領隊伍的那個人打開他的手電筒，然後停下腳步。所有人幾乎在同一時間跟著他的動作。他們彷彿受到同樣一片黑暗所吸引，全部的目光都落在峭壁那抹黑暗的輪廓。這一刻，他們安靜不語，緊張地再一次摸著武器，並就著手電筒虛幻的暈黃光線，發現了楊樹林間的磨坊——仍吃力地矗立在一片常春藤和遺忘交織的腐爛堆上，接著，盡頭勾勒出艾涅爾在天空底下幽幽的身影：已經在他們面前，近在咫尺，而恍若眼睛的窗戶定定地盯著他們。

他們從鋪著一層紮實泥土的老木橋過溪，心中盈滿了河水的潺潺聲。在這一瞬間，或許有人腦海掠過轉過身朝原路回去的念頭。但是為時已晚。過了河之後，路徑消失在最初的幾道土坏牆之後，他們的手電筒將會照亮這一片景象：殘破的牆壁和屋頂、倒落的門窗、畫框剝落的圖畫、像家畜跪倒在地的整棟建物，一旁則是還完好如初的其他房屋，那不肯屈服的模樣，此刻我從窗戶還看得見。而在這般的荒蕪和遺忘當中，讓人感覺置身一座墓園，許多來到這裡的人第一次見識到蕁麻可怕的力量，它們佔領了街道庭院之後，開始侵入且玷污了每棟屋子的內心和回憶。除了瘋子之外——這一刻不只一個人這樣想，沒有人能孤軍奮戰，對抗這些年來這麼多的死亡，這麼沉重的悲涼。

他們花了許久時間，凝視籠罩死寂的村莊。他們每一個都認得它的往日模樣。有人甚至有家人曾住在這兒，他會想起從前每逢秋季節慶或耶誕節，上山來拜訪親戚的時光。其他人曾在最後幾年回到這裡來買牲畜，或村民紛紛遷走前割捨的古董家具，離開的人沒要求太多就處理掉，既不覺得太可惜也不求什麼，只希望能帶走一點錢，以便到平地或首都展開新的生活。但是，自從莎賓娜撒手人寰，自從艾涅爾蕭瑟衰落，遭眾人遺忘，變成人人害怕接近的瘋狗，且啃噬我的記憶和我的身子骨之後，再也沒有人能鼓起勇氣回到這裡。那幾乎是十年前的事。充滿絕然孤寂的漫長十年。儘管偶爾會有人遠道而來——當他們上山撿拾柴火，或者夏季帶著羊群來放牧，從遠處凝望這裡，沒有人能想像遺忘是如何張開利牙，在這具尚未安息的淒涼屍體，留下驚心動魄的齧痕。

因此，他們要認出是哪一間屋子，不是一件簡單的事。模糊的記憶、廢墟，以及黑夜，更加深了他們眼中的驚慌。或許其中一個人想著最好的辦法是呼叫我，讓聲音劃破沉重的死寂，穿過那麼多洞開的門，那麼多破碎的玻璃，那麼厚重的漆黑，尋找我的蹤影，而黑暗會混淆他的回憶，正如同此時此刻，讓他難以看清夜晚。但是光這麼想，就讓他們膽顫心驚。在這兒放聲大叫就好比站在墓園的中央這麼做。在這裡放聲大叫只會攪亂夜晚的寧靜和逝者未眠的夢。

所以，他們會決定安靜地尋找我的下落。他們會緊緊地挨在一起，走遍整座村莊，拿手電筒開路，以本能取代在這裡毫無用途的回憶。他們會走過街道和院子，甚至重複已走過的路，繞了好幾圈之後，停停走走好幾回之後，終於聽到噴水池嘩啦啦的聲音從暗夜冒了出來，出現在他們前面。他們會在一座蕁麻林底下，找到那座佈滿悲涼和水藻的噴水池。然而，他們會慢一點才看到教堂。等他們來到噴水池旁的教堂前面時，手電筒的燈光照不到建築，直到忽然間，光線掃過鐵十字架。於是，他們心頭一驚，根本沒膽靠近，他們遠望著荊棘盤據的柱廊、腐朽的木頭，頹壞的屋頂，依然昂立在坍毀的教堂廢墟之上的鐘樓，彷彿一棵石頭樹，彷彿一個瞎眼的獨眼巨人，而它屹立不搖的唯一原因，是想讓上蒼看到只有一隻眼睛還瞎了真不公平。但是，看在他們眼裡，鐘樓在這一晚扮演指引他們決定在艾涅爾進行一場痛苦的朝聖之旅的角色。

或許，當他們走到教堂廢墟後面，還會在貝斯克家的屋前停下腳步，怔住一會兒。但是屋頂腐朽的程度和覆蓋門窗的茂密常春藤，讓他們立刻確定裡面已久無人居。而他們要找的地方到了，就矗立在胡桃樹和輪廓越來越模糊的果園之間的巷子。高聳的野草從土坏牆垂下，沒人疏通的溝渠水淹沒了街道，侵入樹木之間，樹幹因而腐爛，上面長滿苔蘚。幾個男人就擠在屋子前，拿手電筒照著漆黑的門廊、屋子、殘破的老舊屋簷，門窗緊閉的屋內。或許第一時間，他們以為這間屋子也荒廢了。這裡跟其他棟房屋一樣只剩常春藤和遺忘。就連回憶，也無法讓他們想到自己就站在要找的那間屋子前面。或許是靜寂——這股沉重的死寂彷彿黑色的唾液淹沒了每層樓和每個房間，讓這些男人，起先猜想，接著確定他們已來到同樣的那扇門前，其中幾個人曾從這兒抬出裝著莎賓娜軀體的棺材，那個時候，艾涅爾就已經沒人居住，沒人能幫忙我把她抬到墓園。

當有人伸手推開門，那生鏽門鎖發出的嘎吱聲，足以打破夜晚的平衡和撕裂深沉的僻靜。敢推開門的那個人會嚇得倒退，而整個隊伍全都呆若木雞，杵在原地動也不敢動，安靜地聆聽著那一連串傳遍整座村莊令人不安的迴聲。有那麼一瞬間，他們以為那響聲會永生永世一直迴盪下去。有那麼一瞬間，他們害怕艾涅爾會整個從睡夢中甦醒過來——經過恍若隔世之後，而昔日居民的幽魂會突然間從他們屋子的大門鑽出來。但是一分一秒過去，恍若牛步，恍若永恆，連他們眼前的屋子也沒有他們猜想的東西出現，沒有任何怪異的事發生。寂靜和黑夜再度盤據整座村莊，而手電筒的閃光再一次回到門口，但是並沒有照到我眼底閃耀的光芒。

但是這些男人知道我沒有辦法走太遠。他們會從黑暗中水溝的呢喃和門前胡桃樹黑影知道。他們會從窗戶外完美的黑夜知道。也許他們會以為，我看到上山前來的他們，便鎖上大門，躲在屋內最黑暗難以靠近的角落。或許不會吧。或許他們猜的剛好相反，他們知道這裡是來找我首先要找的地方，所以我跑到山裡躲起來，或是躲在另一間屋子黑影幢幢的廢墟裡，最糟糕的狀況是，這一刻我正從他們的背後監視他們的一舉一動。不論如何，他們應該都相信，只要他們不離開村莊，我就不會從躲藏的地方出來。而且他們也相信，就算找到我，也料到我一定會頑強抵抗。

然而，他們沒有其他選擇。他們來艾涅爾的目的就是找我。當他們到了，站在這棟屋子前，逐漸變深的黑夜不會幫助他們，而是阻礙他們，而他們的妻兒正在貝爾布沙家的廚房，不耐地等待他們歸來。因此，其中一人遲早會打破其他的人躊躇不定，抓住獵槍，踩著堅決的腳步靠近大門。有人拿著手電筒照亮他近距離對鎖頭開槍的模樣。或許，他會比畫個手勢要同伴站遠一點吧。但是來不及了。槍響是如此有力，如此猛烈，所有的人都停下了動作。

等他們反應過來，槍響的迴聲已經消失。一股強烈的氣味瀰漫街道，一圈煙霧消失在黑夜裡果園果樹的上方。那些恐懼不安的男人開始非常緩慢地靠近大門。這時鎖頭掉落在地，猶如一根枯枝，而輕輕一推，手電筒就足以照亮整個露出的走廊入口。他們喘著氣，一顆心就要跳出胸腔，匆匆忙忙地搜尋樓下的每一個房間，儲藏室，還有廚房——這兒還籠罩著溫熱的寧靜，以及地下室伸手不見五指的每一個角落。從這一刻開始，一切彷彿快鏡頭帶過。從這一刻開始（以及幾個小時後，當他們試著回憶，想告訴其他人事發經過），已經沒人能清楚知道，起先的猜疑是以什麼樣的方式變成了確定。因為，當第一個人踏上通往樓上的階梯，所有的人已確定了從很久以前就開始在這裡等待他們的答案。他們感到一股突如其來的莫名冷顫。暗夜中撞上牆壁的振翅聲警告著他們。所以，沒有人會尖叫。所以，沒有人會在胸前比劃十字，或者當手電筒終於照到門後面躺在床上的我，也沒有人露出作嘔的表情，我還穿著衣服，臉望向他們，身體已被苔蘚和鳥兒啃噬殆盡。

2

沒錯，他們找到我的時候，我一定是這副模樣，我還穿著衣服，臉望向他們，幾乎是當初我在磨坊廢棄的機器間找到莎賓娜時她的模樣。那一天，除了母狗，和霧氣拂過河邊樹木發出的斷腸嘶吼外，沒有其他人見證我的發現。

（真是怪異，此時此刻，當時間已經耗盡，當恐懼穿透我的雙眼，黃雨就要洗去對親愛的人的回憶和她那雙眼眸的光芒，竟想起了那一幕。黃雨洗去一切，除了莎賓娜那雙眼眸。我怎麼忘得了當我試著解開繩結的當下，那雙盯著我的冰冷雙眼？我怎麼忘得了那個十二月的漫長黑夜，只剩我孤零零一個人在艾涅爾度過的第一個黑夜，我一生中最漫長最悲痛的黑夜？）

胡利歐一家已經離開兩個月。他們等到黑麥成熟，跟羊隻和一些老家具一起運到畢斯卡斯賣掉後，就在十月的某一天清晨，天色還沒亮之前，把能帶走的東西都讓母馬載著，沿著山區，往公路方向離開。那天晚上，我也跑到磨坊躲起來。只要有人離開，我都這麼做，以免害怕道別，以免有人看到當我遇到又有一個家永遠關上門，那種被悲傷淹沒的模樣。而我就在那兒，坐在一片漆黑中，變成磨坊已經不再使用的其中一個機器，聆聽他們順著往平地而去的小徑，逐漸遠離。然而，那已是最後一次。胡利歐一家走了以後，除了我們家，已經沒有其他還會再關上門的屋子，艾涅爾也失去了有人煙的盼望。因此，那晚我一整夜躲在磨坊。因此，那晚當胡利歐一家一大清早敲了敲我家大門，莎賓娜是唯一聽見他們聲音的人。不過她也沒下樓給他們開門。她也沒走到窗邊，以最後的揮手或最後的目光，送走他們。

哀痛撕碎了她的記憶和她的心，她將枕頭壓住頭部，不想再聽到敲門的聲音，或者遠去的馬蹄鐵的聲音。

那個秋天比以往還要短。十月還沒過完，地平線就跟山巒糊在一起，幾天過後，風從法國那邊吹來了。我跟莎賓娜，從窗戶看著風吹過孤寂的荒野，穿過果園的籬笆和柵欄，猛力地颳走楊樹還沒轉黃的樹葉。接連好幾晚，我們坐在爐火旁，聆聽狂風像暴怒的狗兒在屋頂嗥叫。這個不速之客似乎永遠都不打算離開我們。彷彿它乍現的唯一理由，是陪伴我跟莎賓娜得孤單在艾涅爾度過的第一個冬天。

然而，一天早上，當我們醒來，沉重的死寂告訴我們，連它也離開了。我們從房間窗戶凝視著它來過所留下的痕跡：連根拔起的石板瓦和木頭、倒落的柱子、斷裂的樹枝，以及遭夷平的梯田、耕地和牆壁。那一次風勢比以往還要猛烈。狂風掃過低處的峭壁後，無以計數的楊樹橫躺在地上，或垂倒在地面，泥土鬆動，露出樹根。狂風離開之前，將村裡的屋子重新排列組合。它像一頭受傷的野獸，飽受折磨後抖動身軀，此刻，整座村莊佈滿鳥類的屍體和樹葉，猶如殘酷的激戰過後，所丟下的無辜掠奪物。葉子以螺旋狀堆積在土坏牆邊。鳥兒遭狂風捲起，猛撞樹木和屋舍的玻璃過後，躺在一堆堆樹葉之間。還有幾隻垂掛在屋簷和樹枝上。其他的還笨拙地拍打翅膀，在街道上做最後的垂死掙扎。一整個早上，莎賓娜拿著一支破傘的骨架撿拾鳥兒的屍體。之後，她在勞羅家的畜欄裡堆起柴火，當著我跟母狗沮喪的目光，將鳥兒潑上油，放火燒掉狂風逃離後丟下的戰利品。

很快地，十一月帶著如月光般蒼白的蕭瑟和枯葉到來。白晝越縮越短，而坐在壁爐旁的漫漫黑夜，開始讓我們慢慢陷入一種深沉的厭倦，一種悲哀而無情的冷漠，於是，我們的聊天變了，解體成細小的砂粒，其中，無盡綿延的昏暗和靜謐更吞噬了回憶。在此之前，當胡利歐一家還在的時候（還有更早之前，當托馬斯還活著，依然一個人頑固地堅守他的老房子和對葛文的回憶），我們所有人會聚在一棟屋內，依偎在壁爐旁，一起度過冬夜，花漫長的時間互相說故事、回憶人事物，不外是從前的時光，而外頭下著雪，暴風在屋頂上方嗚咽。當時，爐火比起血緣更能凝聚我們的友誼。我們的聊天一如往常是為了嚇跑冬天的寒冷和悲傷。而此刻相反，對我跟莎賓娜來說，爐火和聊天讓我們更加疏遠，回憶讓我們越來越安靜和遠離彼此。就這樣，當雪的腳步到來，它其實早在許久以前，就已堆積在我們倆的心中。

十二月的某一天，也就是耶誕節前夕，這是只剩我們倆待在艾涅爾的第一個耶誕節，因此是我們最恐懼的耶誕節。那一天，我一大清早拿著獵槍上山到艾斯卡汀的茅屋。野豬來過果園，用嘴拱地，尋找屋子土坏牆邊冰層下的馬鈴薯根部，這天早上，是一條鬆動的泥土洩漏牠夜間偷偷來過的痕跡。然而，母狗花了許久時間，才找到牠的蹤跡。牠還是隻小狗崽，每隔一會兒，牠就在樹林間追著某隻飛過的鳥兒跑。一陣被冬雪看不見的手拂過似的冰冷微風襲來，而且是從隘口吹來，混合了山的氣味和捎來的信息。正午時分，當我已經開始對找到夜間的訪客感到絕望，我看見了牠，遠遠地，出現在幾棵灌木叢之間，牠穿過拉尤沙小溪，踏過泥濘，爬上斜坡，朝著我埋伏的方向過來。我對小母狗作勢，要牠安靜待在那裡，我帶著準備好的獵槍，手中拿著一把刀，倚坐在一面牆後面。野豬沿著斜坡爬上來了，牠的腳步緩慢而堅定。牠夜裡吃得過飽，身體臃腫許多，牠已經習慣這些日子以來鄰近村莊人口外移後森林和懸崖的寧靜和荒蕪，牠走在橡樹林之間，感覺自己很安全，開始認為這裡只有牠住，以牠為王。子彈從超過一公尺的距離射過去，打飛牠的右眼，將牠擊倒翻滾在地，牠詫異不解，發出痛苦的呻吟。然而，我還得多開兩槍，一槍打中牠的肚子，一槍打中喉嚨，然後走過去，補上用力而久久的一刀，結束牠的垂死掙扎。

那天晚上，我一直到深夜才睡著。吹在屋頂和玻璃上的暴風雪越來越強，母狗在門廊處吠叫，盯著遠處黑暗中那具血漬斑斑的屍體，這一刻正綁在一條繩索上吊掛著，我也是用同樣這條繩子將野豬從艾斯卡汀的茅屋拖回家。我的作息已經好久沒變亂，那天晚上，中午發生的每一個細節不斷盤旋在我腦海裡，彷彿一幅重複播放的畫面，一直到很晚，我才終於睡著。

我醒來時，天還沒亮。房間內伸手不見五指，但是冰冷的光拂照玻璃，以一種奇妙的靦腆，勾勒出四方形的小扇窗戶。那是雪，猶如古老的白色詛咒，飄落在艾涅爾之上，再一次掩埋所有的屋頂和街道。暴風雪變小了，此刻，一股深沉的靜默在村裡蔓延開來，盈滿孤苦和寂靜的氛圍。一時間，我的眼皮再次變得沉重，稀薄的雪開始溶在一起——恍若從窗戶望出去的景色和冬雪下在村莊的景色也變成了記憶的一部分，替這一夜加上了其他夜晚的痕跡，從遺忘的記憶挖出第一次嚐到的孤獨，把眼神和睡意都變成了回憶。我沉浸在那一片朦朧當中，然後我翻過身想繼續睡覺。就是在這一刻，我猛然發覺莎賓娜不在床上。

我徒勞無功地在屋裡尋找她的蹤影：樓下的房間、廚房、堆放工具的雜物間，然後再找一遍廚房，接著閣樓以及地窖。到了門廊，我發現母狗也不在。只有孤零零垂吊在屋梁的野豬黑暗的輪廓，滴得下面一窪血，玷污了冬雪無瑕的白色。我在門口找到差點要被掩埋的足印。我踩著緩慢的腳步，跟在沿著村莊屋舍圍牆邊散落的足印後面，感覺雪打在眼睛的同時，一股無以言喻的恐懼油然而生，恍若雪塊包裹住了恐懼。足印一路綿延到璜·佛朗西斯克的家，忽然間從屋棚後面繞過去，消失在遠處教堂崩壞的牆壁之間。我停佇在街道的盡頭，心揪成一團，凝視著四周黑夜無邊無際的寂寥。我豎耳細聽了半晌：只有自己的呼吸聲打破這一片冰冷而無止盡的靜謐。我攏了攏外套，試著別讓雪打到自己，然後繼續追著莎賓娜的足印前進。我就這樣穿越整座村莊，我專注聆聽任何可能的動靜，每一步都停下來質問黑夜，慢慢地，經過了學校的廢墟和葛文家的老舊屋棚之後，雪地上的足印變得深而清晰，快追上她的猜測轉變成一種預感。終於，我看見了她在街道盡頭的身影，差一點就要消失在通往貝爾布沙的小徑上，就是在這一刻，我已經知道自己一輩子都不可能忘記眼前這一幕：在寂靜和冬雪的包圍下，在悲涼和屋舍的廢墟之間，莎賓娜在村子裡東轉西晃，好似一縷幽魂或飄渺的蒸汽，母狗則乖乖地跟在她身後。

接下來幾晚，同樣的事情再度上演。大約清晨五點或六點，山間還籠罩在一片漆黑當中，莎賓娜便溜下床，一聲不響，離開了房間，身邊總是跟著母狗，在冷清的白皚皚街道上遊盪，直到艾涅爾出現第一道曙光。我假裝睡著，看著她起床，接著我從窗戶望著她，直到她的身影消失在街道的盡頭後，再回到床上，徒勞無功地試著想重拾被攪亂的睡意，但已經不可能。到了早上，當我起床，累地不想再為莎賓娜的悲傷找理由，我撞見她再一次坐在廚房的爐火邊，她的呼吸因為煙霧而變得困難，眼神飄渺而沒有表情。

慢慢地，隨著時間過去（尤其是自從下不停的白雪入侵我們的生活，以及空氣總是瀰漫水氣之後），莎賓娜陷入深沉的漠然，變得更加安靜。她的時間都花在坐在爐火前或者凝視空曠的街巷，完全忽視我的存在。我看著她像抹影子在屋內飄蕩，我就著折磨人的火光，斜睨她那雙眼眸，不知道該怎麼除去她眼中難以接近的冰冷，找不到方式打破那開始佔據我以及屋子的沉重死寂。彷彿語言突然都失去了意思和意義，彷彿爐火燃燒的煙在我們之間隔起一片無法穿透的簾子，將我們的臉變成了陌生的長相。我坐在她的對面，屋外下著雪讓人無法出門，於是我陷在一種陰暗而模糊的倦怠中——夜晚讓人無法入眠而折磨人的悲痛加劇這種情況，或者我也一樣花了好幾個小時凝視荊豆燃燒時化為焦黑樹林的模樣，而我的回憶也隨之化為灰燼。但是，有時死寂的悲鳴是那樣地震耳欲聾，那樣地深沉，無法再忍受之餘，我離開了廚房，在門廊的漆黑當中尋找溫暖，以及母狗那比較有人性的眼神。

莎賓娜死的那天晚上，她比之前都還要早起床。當時是凌晨一點半，我們上床睡覺不過一個小時。我在漆黑中裝睡，但是因心神不寧而遲遲無法入睡，我感覺到她離開棉被後留下空蕩蕩的位置忽然傳來的一股冷意，她穿衣服發出的窸窸窣窣的聲音，還有她踩著輕輕的腳步，悄悄地下樓離去。之後，我也感覺到門廊處的母狗聽到腳步聲嚇醒，當莎賓娜步出家門，拿掉大門生鏽的鎖鏈發出的悲鳴聲。但是，那天晚上，我沒跟著她後面出門。我也沒跟之前一樣從窗戶盯著她的舉動。那天晚上，一股無法言喻的寒冷凍結了我的心，我躺在厚重的棉被底下僵直不動，而黑暗和寂靜挾帶的憂慮再一次盤據屋內。我就維持這個姿勢好幾個小時，聆聽遠處寂靜和冬雪交織成模糊不清的低語，直到清晨到來，被睡意和等待所征服，終於倒下，像具沒有重量的身體漂浮在混沌而無法結束的惡夢裡：艾涅爾一連下了好幾天的雪，白雪覆蓋了屋頂和街道，凍裂了我們家的門窗，一點一滴地侵入所有房間，覆蓋牆壁，眼看就要掩埋我的床，而一股不可思議的力量讓我動彈不得，躺在那裡，無法起床並逃離那結束不了的惡夢。

當我醒來，已經天亮。冷光灑在窗戶玻璃上——殘留的冰霜和我的夢境，讓我有些猶豫半晌，是不是冬雪其實只覆蓋屋子，將我埋在裡面，但還沒侵入屋裡。我一邊穿衣服，一邊從窗戶凝視街道。雪已經停了；但是此刻籠罩著危險的濃霧，掩去了附近的樹木和屋頂。我心想，跟屋子壁爐的煙混合在一起的這一片濃霧，還要再一天才會散去。然而，廚房裡的爐火還是熄滅的，我到處都找不到莎賓娜。我出去門廊找母狗；可是牠也不在。這一刻，晨光彷彿狠狠抽醒了我的知覺，屋子無盡的孤苦感在我手中碎裂，突如其來的疑惑佔據了我，將死寂化為新的惡夢，而夜裡的夢變成一種預感。

街道上，霧氣緊緊地攀著牆壁，而霜雪冰冷的濕氣已抹去不久前留下的所有足印。一大片的死寂籠罩整座村莊，它髒兮兮的長舌在每棟房屋的黑暗中翻找鏽蝕的回憶和多年來堆積的灰塵。我關上大門，沒發出一丁點聲響。我尋找長褲裡小刀熟悉的觸感，克制自己，以免有人聽到我的呼吸和心跳聲，我循著莎賓娜每天晚上踽踽獨行的路線邁進。慢慢地，我的感官擺脫了濃霧，每踩一步都陷進雪堆，慢慢地，我跑遍整個村莊，卻都沒找到她留下的任何腳印。我望向每座門廊，每個轉角，以及每面土坏牆後面。全都白費力氣。她弱不禁風的身子好似永遠消失在霧中。不管如何，我也看了最後一眼教堂的廢墟，正當我打算回家的那一刻，我猛然發現漏了一個地方沒找。

遠遠地，我看到母狗趴在路中間，彷彿濃霧中勾勒出的一抹暗影。牠在雪地上蜷縮成一團，躲在不知道是不是能保護牠的楊樹下，牠看起來像是溺死的動物，被湍急的河水沖刷到那裡。我跨越木橋，加快腳步，一邊靠近，一邊低聲呼喚牠。可是牠一看到我，並沒有像平常一樣跑過來，而是從牠的位置起身，慢慢地後退到磨坊門口，目光盯著我不放。我猜牠可能想帶領我或相反地，牠其實是想要擋住我的路。但是從母狗的眼睛——以及牠從一開始便帶著警告的怪異態度（讓我想起牠在雪花紛飛的半夜盯著野豬瞧的那副嚇人的哀傷模樣），我立刻明白了，在牠的後面，在磨坊大門後面，等著我的是什麼。我想也不想，拔腿奔了過去，一腳踢開了門：莎賓娜在那面，搖呀晃的，像個袋子垂掛在老舊的機器之間，那雙眼睜得圓大，脖子被繩子勒斷，正是那條幾晚之前我拿來在門廊吊野豬的繩子。

3

這是我唯一留在身邊對她的紀念。現在繩索還在我身邊，從那一刻起，我就一直把它綁在腰間，希望他們來找我的那一天，還能陪著我，跟身上的衣服，一塊被送到墓園。至於其他的東西——肖像、信件、照片，從很久以前，就已經在那兒等著我。

我先把她抱下來，我還沒從這個發現的驚愕中恢復，根本不記得要拿掉那條緊緊勒住她脖子的悲哀繩索。到磨坊外面之後，當我試圖想拖著她在街道的積雪上前進，當我再一次注意到繩子的存在，而不知道該拿它怎麼辦時，我不自覺就綁在腰間，以免礙事，要把莎賓娜的屍體拖回家已經要費好大的力氣。

一直到好幾天過後，我才又想起它。一開始，好多事接踵發生（貝爾布沙來的那些男人——崩潰的我在覆蓋冬雪的山裡步行好幾個小時後通知他們發生什麼意外，夜間漫長而安靜的守靈，和那天黎明就著冰冷無情的晨光埋葬了莎賓娜），以及當那些人返回他們家人身邊後，那籠罩我們屋子的駭人死寂，讓我沉溺在一種漠然的狀態，直到許多天過後，才又出門。我日以繼夜坐在爐火旁邊，幾乎記不得要吃飯睡覺，幾乎沒離開所坐的位置，除了偶爾從小窗戶凝視母狗像條破布趴在門廊的身影，也沒注意那條繩子還在身邊，還綁在腰間，彷彿一條粗糙的腰帶，或者說一個詛咒。

當我發現時，我震驚不已，如同此刻同樣的感覺再次湧現：那個簡陋的粗糙感，那破爛的乾稻草，滲入我的皮膚，隨著鮮血奔竄，像塊燙傷，撕裂了記憶。有時，人會以為他遺忘了一切，歲月的鏽蝕和灰塵，兇猛地完全毀掉我們曾經深信不疑的東西。但是，只要一個聲音、一種氣味，一個突如其來的意外觸摸，傾刻間，時間恍若洪水無情地沖刷我們，閃電般的猛烈白光會照亮我們的回憶。此外那晚的回憶歷歷在目。或其實沒那麼糟：那還不算是回憶，而是一連串在我眼前不斷上演的畫面。我就在那裡，在床邊，沒入一片漆黑當中，完全被疲累和睡意打敗，而我不知道當時我是下決定還是屈服，打算一鼓作氣地面對好幾天以來就在等著我的無邊無際的寂寞。我就是在這一刻，開始脫掉衣服。忽然間，我的手摸到一樣奇怪的東西，繩索那出乎意料的粗糙感，讓我全身哆嗦不停，不知所措地呆坐在床沿。

我的第一個反應是要把繩索丟進火堆。不過，當我下樓到廚房，爐火已經熄滅，餘燼在夜晚的靜默中就要變暗。要燒掉繩子，我得再生火，但是我焦慮而疲倦不堪。此外，木柴也燒完了，我得去馬廄拿。我決定把繩子藏在任何一個地方都好，等到隔天早上起床，心情比較平靜，理智也比較清楚，再給壁爐生火，然後坐在一旁盯著繩索慢慢化為一堆灰燼。然而，我找遍廚房和房間，都沒找到可以擱著的地方。夜裡莎賓娜會回來找繩索的身影，加上我在屋子裡閒盪的腳步聲——好似殺人嫌犯想找個完美的地點藏凶器，讓我立刻明白只要繩索還在屋裡，我就不可能睡得著，也不會想睡。最後，我越來越緊張，越來越激動，我手中的繩索彷彿變得燙人，我出門到街道上，在夜幕籠罩的雪地中，卯足全力一扔，盡可能丟得離家越遠越好。

我記得我睡了很久，十五個小時，或者二十個小時吧。或許更久。或許我睡了整整好幾天——我不再記得日期也不再記它，我睜開雙眼看到的光（起先，我搞混了，以為那是破曉的第一道曙光），不是隔天，而是兩、三天過後的日光。我不知道。也不想弄清楚，此時此刻我更是不在乎。我只知道我睡了許久許久，那日光緩慢、沉重，彷彿會一直延續下去，而當我再一次醒來時，天色又開始暗下。

門廊處的母狗依舊一動也不動地躺在牠的角落。牠幾乎保持著最後一次看到時的姿勢。牠隱身在昏暗當中，面對著淹過畜欄牆壁，堆積在馬廄窗戶比較低處的一堆冰冷白雪，當牠感覺到我下樓，也沒回過頭看我。牠的肚子一定很餓。牠跟我一樣已經好幾天沒進食。我在屋內東翻西找，最後在一個大箱子裡找到一塊被凍壞的舊麵包。我把麵包丟到牠前面，但是母狗只是冷冷地瞥了一眼，連個動作都沒有。接著，牠再次輕輕地轉過頭，用那雙冰冷黯淡的眼睛盯著我，那令人心驚的漠無表情，幾天前同樣出現在莎賓娜那雙被白雪燒傷的失眠眼眸中。

與此同時，夜幕再一次降臨艾涅爾。我從漫長深沉的睡夢醒來，一開始把眼前所見當作新的一天來臨時的第一道曙光，那是冬季天黑時抹去地平線和群山令人心碎的同樣昏暗光芒。我感到發冷。我找來一支鍬子，在雪中開出一條通往馬廄的小徑。我睡覺時又下了一場雪——雪堆著雪而冰疊著冰，此刻畜欄完全被一層厚重堅硬的雪覆蓋，甚至已經來到我的腰際高度。我得先在入口處挖掘一會兒，以便開門，撿拾爐火需要的木柴。接著，回到門廊時，我讓母狗進到廚房，再一次準備在爐邊與黑夜奮戰。正當我點燃爐火，火焰開始從樹幹間竄出時，一陣愉快的暖流輕輕地在整個空間蔓延開來，前一晚被我丟在街道中央的繩索再次回到我腦海。

我叫了叫母狗，拿著手電筒出門。外頭一陣陰沉的風正拍打屋頂，以猛烈的速度穿梭在樹枝之間。已經暗下的天色，因為夜晚的沉重而顯得臃腫，可是我周圍的強烈光芒包圍了街道和整座村莊。我踏在雪地上，靴子下的白雪幾乎沒破裂。雪結成冰了。母狗跟著我，每走一步就在雪地上嗅個不停，一直到——我試著回想在哪裡——前一晚繩索大概掉落的位置。我不知道母狗是否猜到我正在找什麼；但是，牠一直跟在我的身邊，追蹤了許久，從果園入口到引水溝渠，從貝斯克家的老舊籬笆到教堂的轉角，這條街的高處。可是一切都是白費工夫。最後這場雪應該完全掩埋了繩索——莎賓娜趁我睡著時回來找繩子的畫面再一次出其不意浮現我腦海，而且手電筒一而再再而三地從手中滑落到冰凍的街道地面，到處都看不到有什麼凸起的扭曲形狀。我回家拿鏟子，把街道那一帶的雪都鏟過一遍，結果還是一樣。最後，我滿身大汗，疲累不堪，雙手被寒冷給凍傷，嘴裡的呼氣變得冰冷，於是我返回廚房，我相信許久時間都不會再看到那條繩子。

很快地我忘了那個意外。毫無所獲的雪地尋物過後，我跟母狗回到爐火邊——在這裡我們也找回睡意，而夜晚帶來的困倦和火堆的煙霧，逐漸抹去了我心頭對那條繩索醜陋的回憶，此刻它應該躺在街道中間，壓在一層厚冰和寂靜下面。我心想，這樣就足以安心了。我不知道，危險就在同樣這一晚臨頭，並將把我的靈魂再一次變成深淵。

一切起於發現莎賓娜的那張舊照片。東西一直在那裡，在廚房的牆壁上，在長椅的正上方，從前她常坐的這張椅子的一端，此刻空蕩蕩的位置就在我的對面，留下無限的寂寞。那是一張泛黃的照片——莎賓娜盛裝打扮：簡陋的黑洋裝，披在肩上的灰色三角披肩，只有特殊場合拿出來戴的婚禮耳環，那是我們下山到火車站給卡米洛送行那一次，一個從韋斯卡來的攝影師替她拍的。我親自將這張相片鑲框並掛在牆上。從那時起——這已經是二十三年前的事，就一直掛在那裡。不過，眼睛會習慣同樣的景色，慢慢把它變成習慣和每天上演的慣例，最後把它變成一種回憶，一種目光學會看到的東西。因此，那一晚，我猛然發覺那張發黃照片的存在，莎賓娜的雙眼盯著我的眼睛，彷彿我們倆在這一刻是第一次見面。

我嚇了一大跳，移開視線到火堆。裡頭的樹幹正發出痛苦的劈啪呻吟，而一旁的母狗緩緩地打著盹兒，渾然沒察覺我的視線，以及那張掛在滿佈灰塵和寂寥的牆壁上盯著牠睡覺的照片。每晚的一成不變似乎一點也沒改變。我四周廚房熟悉的外觀一點也沒有不同。可是，就著爐火痛苦的光芒，靠背長椅已經永遠空出的位置之上，莎賓娜那雙眼還是直直盯著我，一刻也不離地望著我的眼睛，彷彿還活在那張老舊的相紙上。

慢慢地，隨著夜越來越深，照片的存在感變得越來越惱人，越來越難以擺脫。我的視線專注在螺旋形狀燃燒的火焰。我閉上眼試著入睡。無奈沒用。莎賓娜那雙泛黃的眼睛盯著我看。她過往的寂寞猶如一片濕痕擴散開來。我很快明白，只要照片繼續掛在我眼前，想要平靜下來，想要睡幾個小時，是痴人說夢。

母狗從夢中驚醒，不解地望著我的舉動。我來到長椅邊，一臉緊張而不知所措，但是我打算要解決這個狀況。剛發生的繩索意外逼得我不得不做。一種害怕發瘋和失眠的情緒開始盤據我整個人。我雙手拿著肖像，再次看了一眼：莎賓娜露出藏著莫大悲傷的微笑，她的眼睛凝視著我，恍若還看得見的樣子。而在那個籠罩無止盡悲痛的空無一人月台上——永遠地空蕩蕩，她的寂寞穿透了我的心。我知道永遠不會有人相信我，但是，當照片被火焰吞噬之際，她那再熟悉也不過的嗓音竟叫喊著我的名字，她那雙眼睛望著我乞求我的原諒。

我害怕不已，逃離了廚房。我關上門，沒入黑暗當中。幾乎是在這一瞬間，一股無法解釋的寒冷襲上了我。屋內一片冰冷，瀰漫不安，充滿寂靜和濕氣。我停佇在走廊上。爐火的劈啪聲響已經聽不見，但此刻，她的呼喚聲再一次迴盪在我耳邊。伸手不見五指的漆黑，彷彿詛咒佈滿我的雙眼。我的臉流下冰冷的汗水。走廊盡頭的牆壁上，在那本已遭遺忘的舊日曆旁，莎賓娜再一次看著我，她坐在長椅上我的右手邊，那是我們夫妻倆的一張老照片。我想也不想，立刻拿下來，衝向樓梯，直奔房間。我已經學會動作要快一點。

抽屜、櫃子，箱子。樓上的所有房間加上閣樓。衣櫃以及櫥櫃。我全都搜過一遍。慢慢地，莎賓娜的所有個人物品——她的相片、信件、結婚耳環和戒指，甚至一些衣服和家庭的紀念品，全都堆在走廊上。所有讓她繼續存在屋內的東西。所有能繼續讓她的靈魂和影子徘徊在我身邊的東西。當我下樓時，一道猛烈的風吹打整棟屋子，拍打著門窗，找不到片刻的寧靜。

黑夜讓我在街道中間停下腳步。夜晚跟幾個小時前一模一樣，儘管此刻多了我的慌亂。我一動也不動地佇立在雪地上，深深地吸了一口冷冽的空氣。我讓那醒人的冰冷淹沒我整個人。然後，我的呼吸和心跳以非常慢的速度，逐漸恢復原本的節奏，我沿著起床後挖過的小徑，離開屋子，拿著手電筒尋找果園的小門。我費了好大力氣終於打開門。冬雪完全掩埋了小門，凝結一層骯髒的冰和濕氣的僵硬門鎖發出了嘎吱聲。我終於得以進去。我凝視那老舊的牆壁，那冷清的井，那彷彿幽魂般杵立在白雪之間靜止的凍傷果樹。我走向靠近牆壁的一個位置，拿著鏟子清掉積雪，然後開挖。正如我害怕的，地面已經結凍，被冰霜和寂寞痲痺。鏟子彈了回來，輕易地在我手中折成兩半，彷彿撞到了石板還是某一條樹根。我嘴裡咬著手電筒，臉上佈滿冰冷的汗水，挖了半個小時，終於挖好一個夠寬夠深的洞，可以放進我那只塞滿莎賓娜所有物品和回憶的皮箱。那是一只木頭和馬蹄鐵製成的老舊行李箱。我去當兵時，父親親手做給我的，從那時候開始，就一直跟著我到所有地方。現在，行李箱將會跟著她，兩個孤零零地待在地下，踏上一場通向永恆的旅程。

破曉時，我回到家裡。冷冽的光彷彿鉛在霧中融化，而一道淡淡的白光輕輕地照亮廚房和走廊。一切再一次回歸平靜，寂靜再次籠罩整間屋子。甚至連爐火都已轉弱，只剩下一圈黃色火焰，帶著一貫的安詳，此刻輕撫著母狗的睡夢。我記得，當我走進廚房，我幾乎是不自覺地——過了許久之後，看向月曆。如果我沒記錯的話，剛剛消逝的黑夜，是一九六一年的最後一個夜晚。

4

如果我沒記錯的話。如果我沒記錯的話，是一九六一年。難道記憶不是個大謊言嗎？現在我怎麼能那麼確定那一晚就是一九六一年的最後一夜？或者我父親那只木頭和馬蹄鐵製的行李箱，真的就在果園，埋在一堆蕁痲底下腐爛。或者——為什麼不呢？難道不是莎賓娜離開時，拿出行李箱，帶走所有的信件和照片。難道不是我在做夢或想像？好用夢境與回憶填塞一段被遺棄而空白的時間？難道不是我在這一段時間其實都在騙自己？

此刻，我看著月亮勾勒出的貝斯克家屋頂的輪廓。夜晚抹去其他的一切，包括了窗戶和床鋪的欄杆。沒錯，我感覺身體揮之不去的存在感——那種胸腔、肺部裡面的痛苦，可是我的眼睛只看到月亮勾勒出的貝斯克家屋頂的輪廓。但是我眼睛看到的是真的嗎？還是那是夢境？正如同夢裡會有人和地方，甚至是陌生人？還是只是回憶起那屋頂昔日的模樣？那屋頂或許就如同在艾涅爾的許許多多屋頂，早在好幾年前就已塌陷？

孤獨迫使我不得不面對自己。但是這就像在回憶之上築起厚重的牆壁。沒有什麼能對一個人，能對其他人帶來這麼大的恐懼——尤其當這兩個人是同一個人，而這是唯一能在這麼多廢墟和這麼多死亡之間苟延殘喘下來的辦法，是唯一能忍受孤獨和忍受恐懼而發瘋的可能性。我記得，我從小就聽父親講起從前的歷史和故事，我看見祖父母和村莊裡上年紀的長輩坐在爐火旁邊，而想到他們在我出生之前已經活著，我就覺得難過與痛苦。那時，沒人知道我坐在角落長椅上——他們一定沒看見我，聽著他們的故事，把他們的回憶變成我的，聽到進入了夢鄉。我想像著他們聊的那些地方和人物，我替那些人勾勒我認為應該要有的長相，如同把一個願望或想法，描述或具體呈現出來，我就這樣把他們的回憶編織成自己的回憶。莎賓娜撒手人寰之後，孤獨迫使我不得不再一次這麼做。我的人生，恍若一條淤塞的河流，驀地停止了流動，此刻，在我眼前的，只有死亡綿延而去的無際悲涼景色，以及無止盡的冬季，那兒有著死氣沉沉的居民和樹木，還有遺忘的黃雨。

從那一天開始，回憶變成了我生活唯一的理智及景色。時間被棄置在某個角落，停止了它的腳步，彷彿一個沙漏鐘，翻過來，就開始把之前的沙子倒回去。我不再對人生近黃昏感到憂慮，過去的我一直抗拒自己的黃昏到來。我不再記得那個棄置在角落，掛在廚房牆壁上的時鐘。忽地，時間跟回憶交錯在一塊兒，而其他的東西——屋子、村莊、天空和山巒，不再存在，只剩下一個非常遙遠的回憶。

這是終點的開端，從那時開始，一場拉開序幕的漫無止盡道別，變成了我的生活。猶如打開一扇關閉多年的窗戶，陽光劃破黑暗，讓埋在灰塵下的物品和已經遺忘的熱情重見天日，孤獨侵入我的心，攤開回憶的每個角落和坑洞。猶如法國吹來的狂風倏地出現，颳走紙張和刺菜薊，沿著街道前進，敲打著每一扇門，粗暴地闖進門廊和屋內的房間，時間撼動寂靜的門牆，鑽進它的廢墟之間，每一腳步都帶走回憶和枯葉。這是所有夢過、活過的最後回憶，這是無法回頭的旅程的開始，駛向只有我能結束的過去。可是，如同文字，從筆下誕生後帶來寂靜和不解，回憶也圍繞一層又一層的霧。一層層變化莫測的濃霧，以及霧中逐漸蔓延開來的年復一年堆積的憂愁，慢慢地，把回憶變成怪異而不真實的景色。很快地，我明白了所有東西都不會再跟以前一樣，我的回憶只是我自己令人毛骨悚然的倒影，而我對於在濃霧籠罩的廢墟當中破碎回憶的執著，最後將會變成一種新的背叛。

從那時開始，我開始背對自己活著。這些年來，我不是那個坐在爐火邊的自己，或像條孤獨棄犬在村莊裡遊盪的自己。我不再是那個每晚睡在這張床上，安靜地聽著雨聲直到天明的人。這些年來，是我的回憶在村莊裡遊盪，以及坐在爐火邊；是我的幽魂每晚爬上這張床睡覺，安靜地聽著雨聲和自己的呼吸。而此時此刻，我的人生已走到最後一夜，此時此刻，時間已畫下句點，我的回憶完全解凍，猶如漫長的冬季過後，晒在陽光底下的土地，我睜開眼睛，瞥一眼四周，只找到胸膛、肺部裡那燙人的疼痛，床邊昏暗的窗戶，而暈黃的月光勾勒出遠處貝斯克家的屋頂。

5

屋頂和月亮。窗戶和狂風。當我嚥下最後一口氣之後，這一切會剩下什麼？而如果我死了，當那些貝爾布沙的男人終於找到我，替我永遠闔上眼睛，他們會用什麼目光活下去？

此刻，若不是秋季的月亮特別皎潔，我會以為那是平安夜的月亮。此刻，若月亮沒燒痛我的眼睛，這一刻起，我會以為我的人生不過是一場夢。一場空白、緊張、痛苦交織的夢，猶如這床棉被的憂傷，或者那第一個冬季永無止無盡的瘋狂。一場空白、緊張、痛苦交織的夢，被母狗的吠叫聲打斷，如同那天夜裡向我宣布冰開始融化。

窗戶和月亮，就像當時的那第一個回憶。那是父親節前後，某個即將破曉的三月深夜。風吹打著玻璃，母狗對著月亮狂吠，將我從睡夢中喚醒。然而，冬季死亡的氣味已經瀰漫在空氣裡一段時間。樹林裡的種子即將重生。一股黑暗中的濕氣從土地冒出來，慢慢地擴散到街上和果園。而在冰冷的門廊一角，也就是母狗習慣躺的位置，有股淡淡的憂愁，佔據牠的目光和心。因此，那天晚上，當我在爐火旁度過難熬的一天，爬上床之後，那些遙遠而已遺忘的春天回到我的腦海，讓我遲遲無法入睡。因此，那天晚上，母狗的叫聲在凌晨驚醒了我，我明白冬天已經結束，於是我無法再次入眠。

我躺在床上許久，僵直不動，安靜不語，正如同此時此刻的我。夜境至靜，躲在冰層底下深眠，只有皎潔的冰冷月光照明。乍看之下，除了母狗逐漸安靜下來的吠叫聲外，這一晚跟任何其他夜晚一樣，沒有什麼不尋常。村莊萬籟俱寂，窗戶半掩，貝斯克家的屋頂隔著覆蓋冰霜的玻璃顯得模糊，我的周遭一往如昔。可是，隨著黎明的腳步接近，月亮彷彿輕煙在冰霜交織的一片雪白中消逝，漆黑中傳來的輕聲低喃開始包圍屋子和整座村莊。剛開始，只不過像是地下傳來的聲響，冰層下方融化後再次出現的潺潺水聲，慢慢地流下屋頂並流經街道。但接下來，當曙光終於劃破黑夜的包圍，尤其是毫無生氣的朝陽第一道光芒撫過山巒——在經過這麼久的時間後，將窗戶染成鮮紅顏色和鋪上一層水氣，一開始的輕聲低喃很快變成了夾帶泥沙的黑色水龍捲。那是河流，是冬雪融化的低吼聲，湧出道路和溝壑的湍急激流抵達了艾涅爾。那是河水，是冬天逝去，是太陽重生，是這麼多個月埋在冰層下過後生命的復甦。

我永遠都不會忘記那一刻。我等待它的來臨等了好久，在這個可怕的冬天，我想像，我渴望了那麼多次，等到它真的來臨，我差點以為那不過是一場夢。我甚至聽見了廚房傳來莎賓娜的腳步聲，和父親跟貝斯克一家在門廊響亮的聊天聲。但不是。那並不是夢。我聽見的潺潺流水聲，真的來自屋子外面。陽光下的水氣沿著玻璃繼續滴著水，當跟童年一樣的冬雪和靜寂依然包圍這個房間的窗戶，當屋簷垂掛的冰柱在我眼裡變成了刀劍，我醒了，跟現在一樣清醒，跟從前一樣清醒。從當時到現在，經過了多少時間了呀。我這把骨頭堆積了多少的歲月和多少的愁苦。但是有一些畫面永遠地留在眼前，恍若凝結在透明的玻璃上，而時間給人的第一個感覺是，眼睛只不過是能映照景色的鏡子，而唯有目光才能映照出自己的模樣。

然而，那一天，我沒感覺到此時此刻回憶襲捲而來的往日哀愁。那一天，在經過那麼長的時間過後，在經過那麼多的煩悶和冬雪過後，黎明終於以不同的樣貌到來，穿衣服時，我感覺一股神祕的慌亂盤據了心頭，而前幾天我曾在母狗的視線中發現。我沒跟以往起床一樣升火。我無視那啃噬著門廊和街道的寒冷，漠視那慢慢滲透我靴子和靈魂的濕氣，整個早上都在村莊裡晃蕩，彷彿在船難物之間載浮載沉的倖存者。之後，我跟母狗分吃前一天晚餐的殘羹剩菜，點燃我努力一直留到這一刻的那根香菸——兩個禮拜前香菸已經抽完，然後我在走廊上凝視著終於戰勝冬天的朝陽。

冬雪在三、四天內消融殆盡。融化的雪水流進水溝消失無蹤，近處的山坡和街道佈滿泥濘。同一個時間，屋舍開始露出斷垣殘壁。覆蓋在厚厚冬雪之下的艾涅爾重拾往日的風貌，可是，此時此刻除了先前的斑斑裂痕和廢墟之外，日光也暴露了剛走的冬天肆虐多棟房屋過後留下的可怕撕痕。有些露出寒風啃咬過的傷疤，屋頂破裂，牆壁因殘酷的裂縫而形成龜裂。其他廢棄比較久的老舊房屋——比如璜，佛朗西斯克家或者阿辛和山迪亞哥的小屋子，已經完全倒塌，現在地面只剩下一堆石塊和遭冰雪腐蝕的木頭。我在這些屋子之間遊盪，回憶屋主，踏進被黑莓侵佔的門廊，然後走過夷為平地的廚房和房間，彷佛發瘋的將軍孤零零地返回壕溝，他在那裡的士兵不是逃了就是死了。

一天早上，陽光也攤開了莎賓娜埋在爛泥裡的幽魂。我跟母狗到山上的雪地設置捕捉動物的機關和陷阱（我們在巴拉恰斯懸崖發現兩隻被狼群啃光的狗以及一隻腐爛的山羊骨骸），回來路上，就快到家時，母狗猝然停下腳步，一動也不動地杵在街道中央，牠緊張又害怕，開始吠叫，彷彿在覆蓋白雪的籬笆之間發現蝰蛇的蹤跡。我幾乎都忘了。那天晚上過後（那晚瘋狂第一次將黃色的幼蟲種在我的靈魂裡），平靜再次回到爐火邊和屋內，對於繩索不安的回憶就一點一滴地消失在遠處。然而，此刻它也回來了。它的兩端露在泥濘之間，彷彿籬笆旁的一條樹根，但不可思議的是，它的出現沒讓我感到那晚的焦慮和威脅。此刻，看著繩索，只當它是剛走的冬季留下的一個廢棄物，我用雪水將它洗乾淨，沒有一絲恐懼或猶豫，接著我拿自己的衣服擦乾，一點也記不得那粗糙的觸感曾在某一天讓我的靈魂猶如置身煉獄。就這樣，當我回到家時，再把繩索綁在腰際——跟之前一樣不知不覺，彷彿重演了當初那一刻，我明白了我再也丟不開它，因為那條繩索是莎賓娜無主的孤魂。

隔天早上，我帶著綁在腰際的繩索，一大清早下山到畢斯卡斯。我離開艾涅爾時天還沒亮。路上滿是泥濘，而毛皮的重量讓我幾乎寸步難行。我要拿去帕亞斯的商店換香菸和播種用的種子。之後，我要去貝斯克家商量這個春天看羊的事。我記得山口有積雪。聖塔歐羅西亞的湖結凍了，還有夾帶著薰衣草芬芳的磨人冷風從艾拉塔隘口吹了下來。儘管如此，經過貝爾布沙時，我還是到那裡繞了一圈。我四個月沒跟人說過話了，但是再次開口的機會並沒有特別吸引我。我已經習慣寂然無聲，此刻，在經過這麼長的時間後，在經過這麼多個月被冬雪隔離後，眼前屋舍的煙和街道上的人群——已經天亮好一會兒，讓我充滿恐懼和猶疑。進入村莊前，我離開道路，像隻在癩皮狗穿過果園，我不禁懷念地想起，在那些已逝去的遙遠日子，艾涅爾的村民成群結隊下山，在路上引吭高歌，很高興自己又熬過了冬天無情的摧殘。

然而，此刻熬過來的只有我孤零零一個人——而且是碩果僅存的一個，當我走在畢斯卡斯的街道上，大夥兒都盯著我看，似乎訝異還能再見到我。毫無疑問地，他們很清楚莎賓娜過世的消息，或許還有人想像過，我會在這個只剩下自己的第一個冬天，跟著共赴黃泉。我沒有跟任何人說話。我把毛皮拿到帕亞斯的商店換香菸跟種子——我記得錢還夠買點油，然後我爬上坡到貝斯克家，沒跟以前一樣在咖啡館停留。我希望快返回艾涅爾。

那個冬天，貝斯克家的老先生也過世了。他的女兒抹乾眼淚對我說，他跟莎賓娜一樣沒撐太久。與此同時，她在櫃子裡翻找一封好幾個月前寄給我的信。可憐的老貝斯克斯。我還記得他坐在門廊處的身影，他的上方，是此時此刻月兒勾勒出的瓦片屋簷。他們是最初離開艾涅爾的幾戶之一。他有九個孩子，幾片田地幾乎養不活一家子。內戰結束後，他下山到畢斯卡斯的水電站工作，從那時開始，我便在春天替他看守爬上艾涅爾隘口吃草的綿羊。酬勞是一千塊比塞塔加上半數的小羊：這是我們倆最後訂下的約定。可是，現在他已過世，兒女也賣掉了羊群。我在畢斯卡斯也沒有其他活好幹。於是我拿起信，靜靜地告別他的女兒，心裡明白不會再見到她。

我一直到離得非常遠才打開那封信：在聖塔歐羅西亞湖旁，可以瞭望艾涅爾的地方。我猶記得微風拂過山口，自己花了許久才讀完它。那是這麼多年以來安德烈斯寫來的第一封信。或許是他離家以來的第一封吧。從信裡看來，安德烈斯已經結婚，幾年前開始定居德國。隨信附上的是一張他跟妻子和兩個孩子在沙灘上的照片，背後寫著獻給他的母親。

6

當然，我永遠不會回他信。我還能寫些什麼？告訴他，他的母親已經過世，而我變成遊盪在遺忘的回憶和廢墟之間的孤魂野鬼嗎？求他永遠忘了父母以及他出生的村莊叫什麼名字嗎？

他很清楚。經過了這麼多年，經過了這麼長的時間，對我們不聞不問，他應該曾經想像，寫下的家書註定永遠都得不到回應。時間終將撫去傷口。時間是一場綿綿不斷的黃雨，慢慢地淋熄了最熾烈的火焰。但是，有一些篝火是在地底下燃燒，那記憶的裂痕又乾又深，也許連死亡的洪流都沖不走它。有人試著習慣與傷口共存，在回憶上頭堆積寂靜和鏽蝕，當他以為已經遺忘一切，卻只要簡單的一封信、一張照片，就能讓遺忘的冰層碎裂成上萬片。

安德烈斯離家時，他母親為他掉淚的模樣，彷彿當他死了。他母親為他掉淚就像為莎拉掉淚。她為兒子掉淚，一直等他等到嚥下最後一口氣為止，她也是這樣等待卡米洛歸鄉。我正好相反，他離家那天，我甚至沒下床送他。

我跟莎賓娜一輩子都沒忘記，那是一九四九年二月的某一天，一個灰濛濛的冷天。安德烈斯是在前一天早上告訴我們的。事實上，他在家的最後那一年已經說過好幾次。可是那天早上，他的目光流露怪異的悲傷，他的嗓音警告我們他終於下定決心。他的母親跟我都沒答腔。莎賓娜躲在某間房裡偷偷哭泣，而我依舊一動也不動地待在爐火旁，沒有看他，彷彿沒聽見他說什麼。他知道我在想什麼。我從一開始就清楚告訴過他。如果他離開艾涅爾，如果他丟下我們，丟下他祖父胼手胝足蓋起來的祖屋不管，就休想再踏進這裡一步，休想再被當作兒子看待。

那天晚上，我跟莎賓娜輾轉難眠。那天晚上——我永遠忘不了，我跟莎賓娜一整夜都沒闔上眼睛和講話，只是聆聽雨打在玻璃上的嗚咽聲，數著離拂曉還有幾個小時。天亮之前，莎賓娜起床生火，給安德烈斯打點早餐（前一晚，當安德烈斯跟我一塊吃晚餐時——我們面對面，既沒開口，眼神也沒交會，她已經給他準備好行李和路上果腹的餐點）。我留在床上，沉溺在一片漆黑中，聆聽玻璃的雨聲和莎賓娜在廚房的腳步聲。不久，我也聽到了安德烈斯踩下樓梯的聲響。家裡籠罩著怪異的靜謐。那種靜謐，只有在經過多年，當莎賓娜走了，留下我孤單一個人之後，才又再度想起。我僵直不動，躺在床上很久，正如同此刻的我一樣僵直不動（如果安德烈斯回到家裡會發現我跟他離開當時一模一樣），我搜尋著那股靜謐，試著想知道廚房裡的動靜。但是我什麼也沒聽見。只有隔著牆壁不時傳來隱約的呢喃聲，讓我知道，莎賓娜應該在給安德烈斯做最後的叮嚀，最後的囑咐，而道別的感傷和止不住的淚水，最後一定會變成哀求：「寫信給我們，不要理你爸，忘了他跟你說的話，你什麼時候想回來都可以回來。」

我聽到門打開時已經天亮。起初，我以為那是大門，我想著安德烈斯就這麼不告而別。可是，腳步聲穿過走廊，非常緩慢地爬上樓梯，最後停在這個房間的門前。安德烈斯掙扎許久難以決定。這個時候，他安靜地站在門外，無聲地望著我，不敢靠近床邊。我跟他對看了半晌，接著，在他來得及說些什麼之前，我已經翻過身去，望著窗戶，直到他離開。

安德烈斯的離家，引出了莎拉和卡米洛的幽魂。安德烈斯的離家，留給這個家一個巨大的空虛，他的名字自此不曾在屋內提起，但這個家卻從那天開始不再一樣。這是合理的。安德烈斯的離家，不只是一個孩子的離開。安德烈斯的離家，代表這間屋子傳承下去的機會，以及唯一的幫手和作伴的希望都已破滅，我跟他的母親有一天勢必得面對人生的黃昏越來越近，越來越令人膽顫心驚。因此，那天當安德烈斯在黎明時關上了大門，安靜地在雨中離開，前往邊界，順著一條昔日走私販的道路離去，莎拉和卡米洛的魂魄回到了家裡，填補他們手足離家後留下空洞。

其實，卡米洛的幽魂從沒從這間屋子完全消失。相反地，他一直遊盪在每個房間，冬季的夜晚，他就在燃燒的樹幹之間，在我們的四周，吐出他的呼息。這麼多年來，我們一直試著接受那死亡無法跟我們確認的事實。這麼多年來，我們試著埋藏回憶甚至忘掉希望，以求活下去。可是跟幽魂同處一室不容易。要抹去過往在記憶留下的足跡難如登天，況且疑慮滋養了希望，堆積了拒絕承認的期盼。死亡至少有個可以觸及的畫面：墳墓、話語、喚起回憶的鮮花，尤其是那種無法扭轉事實的深刻感受，會隨著時間沉澱，將失去親人變成又一種習慣。然而，失蹤卻沒有界線；算不上是一種狀況，而是拒絕承認事實。

起先，我跟莎賓娜都不願承認這個家只剩下死寂，但是時間和理智都做出預示。其實莎賓娜一直抗拒到她死為止，儘管她從沒說出口，她一直到人生的最後一天都在等待某個奇蹟降臨。但是奇蹟不可能發生。內戰結束了，幾天過去了，幾個月也過去了，都沒有一丁點消息，放棄慢慢取代了希望，憂傷取代了絕望。卡米洛沒有回家。他的名字從沒出現在官方一長串的戰亡名單中，但是他一直沒有回家。只有他的幽魂回到了家，隱藏在房間的陰暗處，而他的身體卻在西班牙任何一座村莊的公共墓穴腐爛，在那天早上從韋斯卡火車站啟程的軍用火車定格畫面當中褪去，不曾再回來。

經過了遭到遺忘，經過了這些年，難怪卡米洛回來佔據弟弟留下的位置。事實上，他才是第一順位繼承人。事實上，他因為血脈和傳統，是註定在我離開那天，要繼承我守護祖屋的位置的人。而現在，經過了遭到遺忘，經過了這些年，他從黑夜的盡頭回來，彷彿想討回權利的昔日幽魂。

我沒預料到的是莎拉的幽魂。她死了那麼多年，從她發著高燒而痛苦不堪的呼吸永遠停止的遙遠那天起，已經過了那麼多年，我差點就完全忘掉她。然而，有一天下午，也就是安德烈斯離家沒幾天，我遠遠地看見莎賓娜從墓園出來。她沒有看見我。我剛從山裡回來，關好羊群。於是我在幾棵樹之間等著，直到她的身影遠離。然後，我慢慢地靠過去，從土坏牆探頭進去，發現了她不尋常拜訪這裡的理由和原因，感到詫異不已。那裡，在那個早被遺忘的陰暗角落，在被濕氣和蕁麻淹沒的老舊牆邊，在黑莓叢之間那莎拉的小小墳墓，在經過這麼多年以後，再一次供奉了鮮花。

當然，我從沒把這件事告訴莎賓娜。莎賓娜繼續去墓園，幾乎每個禮拜都去，我默默守住這個所有艾涅爾居民竊竊私議的祕密。然而，一天晚上，莎拉也呼喚了我。我記得那時是清晨兩點。不知道為什麼，忽然間我驚醒了。那是個月光皎潔的夜晚。微風撫過核桃樹的葉子，月光淡淡地照亮窗戶。跟現在一樣，那晚闃寂無聲，但是屋子裡出現怪異的聲響。那是一種單頻率的喘息聲，遙遠而隱約，好似斷斷續續的呼吸聲。我望了莎賓娜一眼。她繼續睡著，安靜地躺在我的身旁，恍若棉被間一縷安靜的幽魂。顯然不是她用那樣奇怪的方式呼吸。

此時此刻，我感覺實在不可思議，當時竟沒有直覺什麼不對勁。但是，那一刻我一點都不知道命運對我的安排，我想也沒想，立刻偷偷地溜下床——以免吵醒莎賓娜並驚動她，然後我離開房間，去找那個怪異聲音的源頭。我來到走廊，立刻被漆黑吞沒。在那裡，我可以聽到那個斷續的呼吸聲變得比較清晰、比較近——那的確是我聽到的呼吸聲沒錯，可是一開始，我以為聲音來自樓梯的盡頭，於是我想或許是某隻狗吧，我們不小心把牠留在屋子裡了。我走到樓梯盡頭，站在那扇二十年前我親自上鎖的門旁，赫然發現自己錯了。那斷斷續續的呼吸聲不是來自樓梯，也不是有什麼狗留在家裡。那呼吸聲就在那裡，在那扇門後面，在那個二十年前莎拉窒息死去後上鎖的小房間裡。

有幾秒鐘的時間，我動彈不得。有幾秒鐘的時間，我站在走廊中央動彈不得，像棵樹木動彈不得，我感覺死亡穿透了屋子的牆壁，抓著門板，撕裂了風和我的靈魂。那只有幾秒鐘的時間，幾乎只是一剎那。然而，這個時間卻足以讓我嚇得沿著走廊往後退去，不敢打開那扇門，也不敢轉過身。那發著高燒的斷續呼吸聲，原本像是鐵片深深地埋藏在我的記憶裡，此刻卻翻攪著，令人想起那個永無止盡的窒息喘息聲，以折磨的方式，一點一滴啃噬了莎拉的身體，然後在十個月後的一個早晨，正好是她滿四歲的那一天，猝然地停止了。

這些年來，類似這樣的經驗又重複上演幾次。如同那晚，我忽然從怪夢驚醒，睜開眼睛後，我知道那是她，她在屋子裡呼喚我。然而，我不曾再靠近過那扇門，也不曾在半夜起床。我一直不知道莎賓娜是否曾聽過那個受著高燒之苦的呼吸聲。她繼續帶著鮮花去墓園，幾乎每個禮拜，直到貝爾布沙的男人幫我將她搬去永遠地葬在莎拉身旁那天為止。

因此，我絕對不會回他信。因此，我絕對不會原諒安德烈斯丟下我們和他的兄妹離家。因此，那天下午在山口我撕碎他的信和照片，然後丟進聖塔歐羅西亞湖，讓東西在湖底一點一滴地腐爛，就像記憶在時間的泥沼裡緩緩地分解。

7

那一年的腳步比往常還要慢上許多。事實上，從那個春天開始，一切都以這個步調前進：越來越遲鈍和單調，越來越冷漠和哀傷。彷佛時間霎時停住腳步。彷佛垂垂老矣的歲月之河在冰層下停止流動，把我的人生變成永無結束之日的漫長冬季。此時此刻，我回顧過去，想找尋那些午後時光，我在記憶裡翻動靜寂的扉頁，卻只找到一座被霧氣擦去輪廓的死氣沉沉森林，還有一座荒廢的村莊，那兒交織的回憶，彷佛被風颳走的荊棘。

從那一年開始，我不曾再回到隘口。老貝斯克斯過世後，他的子女賣掉羊群，而悲悽也猶如瘟疫在艾涅爾放牧的茅屋和荒野蔓延開來。我還是可以輕易找到放牧工作，在布洛托、沙比拿尼戈，甚至在畢斯卡斯，可是我感覺自己又累又老，既沒有力氣也沒有想望，再替另外一個飼主放牧一年。總之，我沒有可以工作的雇主，死掉那天也沒有可以交給遺物的對象。我也不需要再注意壁爐缺少柴火。對我這個疲倦而孤獨，對一切感到厭倦，沒有任何需要或願望的人來說，打獵跟採集果園的水果——我變成全部果園的主人，就已足夠。

最後，我慢慢地習慣了。我別無選擇。可是，一開始的日子，我可是費了好大的勁兒，才克服那突如其來佔據我整個人好一段時間的孤獨。在這之前，我並非不曾感覺到那股至今仍像枯藤般啃噬我的靈魂的怪異憂慮。坐在爐火旁的漫長冬夜，已耗盡我的精神和氣力。可是，只要雪下個不停，只要霧氣和靜寂拭去艾涅爾土地上的房屋和樹木，每個冬季的孤獨就不會改變。又有什麼關係呢，既然已經沒有人可以跟我一起坐在壁爐邊共度夜晚。又何必在意呢，既然已經沒有人可以跟我一起分擔對於瘋狂以及冬季無止盡癲狂的恐懼。這是個遙遠而無解的詛咒，是個古老的審判，從很久以前，屈服和無能為力已轉化成習慣。然而此時此刻，我的四周再一次生意盎然，陽光曬乾了石頭和房屋的玻璃，在一片寂然無聲中，森林的吶喊更加突顯孤獨的感覺，而直到這一刻之前，這種感覺還徒勞無功地想躲藏在不可抗拒的冬雪之下。

整個春天，我都在梯田和果園工作，並修理前腳剛走的冬天對房屋的破壞。風吹跑了馬廄的門，弄壞了屋頂的幾片石板。我也得修理幾根被冰雪和濕氣完全侵蝕的門廊梁木。我把梁木用袋子包好，加上幾根剛從葛文家搬來的支撐住。接著，清除就要侵入馬廄和屋簷牆壁的刺菜薊和苔蘚。當時，我還不能或我不想要發現吧。但此時此刻，我非常清楚這一切只是一種讓自己白天有事忙的簡單辦法，讓我自己別胡思亂想，讓我自己別在時間結束之前就先發瘋。

然而，一切只是枉然。慢慢地，我被厭倦和沮喪佔據，剛開始幾天源源不斷的幹勁，逐漸轉為殘酷的挫敗感，而就這樣，夏天來了，我再一次像條棄犬在村莊裡遊盪。日子漫長而緩慢，悲傷和靜寂彷彿雪崩，將艾涅爾掩埋。我的時間都花在遊盪在每一間屋子、每一間馬廄和房間，有時候，當黃昏輕輕地籠罩樹林，我會拿木板和紙張生火，坐在門廊跟往日村民的幽魂聊天。但是每間屋子不只有幽魂。灰塵和蜘蛛網遮蔽了窗戶，房間裡，濕氣和遺忘讓空氣沉悶到無法呼吸。這是因為關閉許久的緣故。很多屋子還完整如初，比如奧雷里歐・沙沙的屋子，櫃子和桌子都擺在原處，床還是剛做好不久的，彷彿忠心不二的狗兒等待著主人希望渺茫的歸來，而他們早已丟下它們好幾年了。相反地，還有其他的屋子，比方說璜・佛朗西斯克的屋子，或學校的老屋舍，都已經完全塌陷，牆壁傾倒，家具埋在瓦礫堆和地衣底下。有些屋子長了一層青苔，彷彿黑色的詛咒在屋頂擴散開來。至於其他屋子，黑莓盤據了門廊和馬廄，茁壯成真正的樹木，在屋內形成樹林，樹根撐破了牆壁和大門，樹蔭下棲息著死亡和幽魂。但到了最後，包括比較老和比較新的，荒廢比較久和沒那麼久的，都已遭到冰雪破壞，鐵鏽侵蝕，變成老鼠、毒蛇和鳥禽的棲息之地。

八月的一個下午，在阿辛家發生了一起不幸的意外。那棟屋子已化為廢墟，只剩下一堆石頭和木材，而水泥地面在忍冬和蕁麻之間，勾勒出昔日曾經佔據的範圍。可是，我還記得它過去堅固的模樣，孤零零地矗立在通往艾斯卡汀的道路旁。這棟荒廢多年的屋子，其實是第一批關門的屋子之一：內戰剛爆發時，屋主搬空屋裡的東西——正如同整座村莊遭到疏散，自此再也沒有回來過。儘管如此，我還記得那對老夫妻總是孤單地坐在門前，我還記得那個孩子（當時的我也是個孩子），聽說，他們把他跟馬匹關在馬廄裡，不讓任何人看見他可怕的痀僂病和他如同怪物的長相。也聽說，夜裡他們會把他綁在床鋪的欄杆旁，可以聽見他直到天明的呻吟聲。我不知道那是不是真的。我從沒看過他，雖然我不只一次經過馬廄前的那條路，在小窗戶探頭探腦，既害怕又激動地發抖著，我也沒從動物的呼吸聲當中聽出村裡傳說的那種如同動物的叫聲和呻吟聲。有一天——大概是我十歲那時，那個孩子死了。夜裡他們把他葬了，沒有敲喪鐘，讓寂靜和時間堆疊在他的身上。可是，儘管如此，儘管從那時起過了這些年，他的幽魂還是在屋子附近逗留，彷彿悲傷的回憶或詛咒。尤其是阿辛跟他的妻子離開村子，留下那棟屋子和他們孩子的回憶自生自滅。

我經過那裡很多次都提不起勇氣進去。大門和窗戶都還上著鐵鎖，儘管老舊的馬廄在這個冬天已經塌陷——而那個註定被當作動物、跟牲畜在一起的孩子的幽魂也隨之散去，屋子的孤獨和那無法打破的死寂，繼續被悲劇性的謎團和一種無法解釋和莫大吸引力圍繞。然而，那天下午我意外去了那裡。多年來，一直是意外和不幸主導我的命運。那是午休時間，陽光穿透天空，晒裂土地，燒得黑莓和焦黑的橡樹沙沙作響。我爬上山坡，回到村莊，在那棟房屋的門廊休息。沒錯，那是我第一次坐在那裡；大門邊的一顆石頭上，這是從前阿辛和他老婆習慣坐下來的位置。那個夏天，乾旱襲捲田野和水泉，蜥蜴侵入果園和房屋的牲畜欄。阿辛家不在村子裡，因此周圍比較安靜，牠們安心地在馬廄蔭涼處的石頭上休息，或在路上的刺菜薊之間，完全無視於我的出現。我靠著牆壁，母狗在我的腳邊，我嘴裡叼著一根快熄滅的香菸，我記得當時自己昏昏欲睡——那一天我一大清早就上山，忽然間我感到一隻手一陣刺痛。第一時間，我還以為外套或褲子黏了什麼植物的刺。可是，我馬上聽到冰冷、黏稠，清楚的嘶聲，從我雙腳之間的地面爬過去。我彈跳起來，與此同時母狗開始狂吠：牠猛然毛髮直豎、牙齒抽搐，利爪抓著門廊的石頭。雖然一切迅雷不及掩耳，我依然來得及看到毒蛇慢慢地從大門底下滑過去，永遠地消失在屋子難以探測的深處。

我嚇得半死，逃離門廊，衝到道路中間。手掌的咬痕灼熱不已，一陣可怕的冷顫彷彿燙傷竄過我的心底。可是我知道自己一秒都不能浪費。我脫掉腰帶，用牙齒牢牢地綁在手腕上，想阻止血流過手臂。接著，用小刀在咬痕上割開深深的口子，然後忍著疼痛和緊張，吸出傷口的毒液，憤憤地吐在道路乾裂的地面上。離那時已經過了八年，但是就算再過三十年，我都忘不了那黏呼呼的觸感，那從傷口流出的毒液腐臭、甜膩而獨特的味道。

我一回到家，第一件事是到壁爐生火，煮一壺水。煮水同時，我到街上去找蕁麻。我把蕁麻的汁液混合油之後塗在傷口，接著，蓋上一塊泡過酒精和泥巴的床單布。我記得貝斯克斯老先生曾試著用這個配方醫治胡斯托的狗。那隻狗被毒蛇咬到頭部，最後，什麼辦法都無法救回牠的命。可是現在我沒有其他選擇。我在山裡，要找最近的醫生需要將近四個小時。

接下來幾天，我孤單一個人躺在床上跟死亡奮鬥，我是那樣孤立無援，求助無門。我的手腫脹到連布條都看不見，而高熱在皮下的血管裡奔竄，像是往上衝的白色嘔吐物。我不知道自這個樣子過了多久時間，發燒讓我發顫不止，神智不清。日夜混在一塊兒，溶成不規則形狀的一片污漬，而在我眼前，床欄杆像是霧裡模糊的樹木。我記得，對，陽光偶爾會探進房間，讓那團像髒兮兮糊狀物的棉被變得更重，而母狗趴在大門處的樓梯口吠叫，那悲傷的聲音，聽在我耳裡，彷彿遙遠而微弱，來自一段距離以外。此時此刻，我居然到當時的那些場景，真是不可思議啊！都已經過了這麼多年了，真是不可思議啊！真是不真實啊！當時的我一樣躺在這張床上，瀕臨垂死邊緣，然而，當時的我唯一打從心底擔心的是，如果我死了，母狗也必死無疑，牠被困在屋子裡無處可逃。可是那時我沒力氣下床去幫牠打開大門。我根本無從想像自己能夠起床。第一天黃昏時，高燒已經超過可以忍受的極限，我的手疼痛不已，好似快要爆裂。很快地，我進入非常興奮的狀態。我在棉被裡翻來滾去，想尋找棉被外的一絲涼爽。我好渴。可是水罐已經見底，我的舌頭像塊黏呼呼的變形海綿，我試著想滋潤嘴唇，卻一點用也沒有。好似水一碰到我的血液就會蒸發。好似從傷口冒出的火灼傷了我血管、燒痛了我的骨頭，在我的嘴裡找尋可以舒緩痛苦的出口。

高燒到了半夜抵達極限。我的身體就像燃燒的火把，連繞著腫脹的皮肉的布條猛地斷裂都沒感覺。我也不知道手究竟腫到了什麼程度，溫度到底飆到多高。我只知道雙眼忽然間盈滿厚厚一層泛藍的水氣，而接下來我失去了知覺。

從這一刻開始，記憶碎成千萬顆微粒，高燒中糊成一團的畫面搖搖晃晃，我認不出那是否是真的經歷過的。在我的內心，記憶彷彿就要飄散的蒸汽，然而，非常遙遠的地方，有道光照亮了黑夜，救回了瀕臨死亡邊緣的回憶。莎賓娜出現在窗戶外。驚恐的母狗在門後哀號。莎賓娜跪在床邊。母狗吞掉了我那隻腫脹的手。此時此刻，我想那不過是高燒的幻影，是持續到今天的一場夢帶來的憂慮。但是，我能確定那全都是假想嗎？我能真的否認那晚莎賓娜就在這裡嗎？只有母狗跟她能夠告訴我，那扇窗戶的玻璃還留有她的呼氣。我冷得發抖，在棉被裡冒汗，遊盪在一個接著一個夢之間，當我發現她時，眼睛是睜開的。她在窗戶玻璃外，穿著跟上次一樣的衣服。如果現在再看見她——窗戶跟那晚一樣是打開的，我一定會害怕，會有那時沒感覺到的驚慌。如果現在再看見她，在黑夜裡動也不動的身影，浮在半空中，出現在窗戶玻璃外，我會像個孩子躲在棉被裡失聲尖叫，要她走開，然後為她的靈魂禱告，乞求她的原諒。可是，那天的高燒和癲狂主宰了我的靈魂，而莎賓娜大半夜出現的無依無靠身影，只讓我感到無盡的哀傷和深沉的悲痛。我閉上眼睛半晌，試著想忘掉她，可是等我睜開雙眼，已經看見她在床邊，盯著我的眼睛看，彷彿不認得我的臉和我的聲音。

高燒不斷時，莎賓娜寸步不離地待在我的身邊。她讓母狗進房間，當母狗不斷舔著我手上的傷口時，她一直看著我，身影沒入黑暗，彷彿家裡眾多幽魂的其中一個。或許她在等待，她在看護我的身體，直到有人發現我，安葬我。（或許今晚，當一切落幕，她會再來陪伴我，直到貝爾布沙的那群男人發現我，帶走我，永遠地葬在她的身邊。）我在夢裡看見她，因為高燒緣故，她的身影模糊不清，她站在床邊或者跪在窗戶的那個角落吧。我記得她在禱告。她的聲音跟生前一模一樣，可是聽在我耳裡，是以一種非常怪異的方式響起：沙啞、嚴肅，沒有回音，似乎來自沒有喉嚨的嘴巴。我不知道她禱告了多久。突然間我睡去了，當我再次看到她時，我聽到的不是她的嗓音，而是床的另外一側傳來的深沉呼吸聲。我花了點時間才認出房間的模樣，以及窗戶明亮的光芒。我不知道那是不是月光。我不知道天亮了沒，或者其實還是大半夜，那是高燒發出的亮光，把窗戶變成鏡子。莎賓娜依然站在那裡，站在門邊，她的視線不曾離開我的身上。可是母狗不見了。牠原本的位置，出現一個長相恍若怪物的孩子，他的頭部變形，背部長滿跟馬匹一樣的鬃毛，他的雙手捧著我那隻疼痛腫脹的手。我從第一時間就知道那是他。儘管我以前從沒看過他，我從第一時間就從他的幻影認出阿辛家馬廄裡的漆黑。他也看著我，彷彿認得我似的，然後笑了出來。那個笑聲粗啞、嚴肅，沒有回音，似乎來自沒有牙齒和喉嚨的嘴巴。那是個死人的笑聲，似乎從地底的深處傳來，然後在我的腦袋裡爆炸開來，彷彿永遠都不會安靜下來。我怕極了，我的眼神因為恐懼和高燒而顯得冰冷，我意識到自已並不是睡著的，我轉過身不想看他——想儘快抹去那些黑色的鬃毛和那張沒有牙齒的恐怖嘴巴，就是在這個時候，就是在這一瞬間，當我轉過身朝向莎賓娜依然靜靜不動地站著的那扇門——她恍若沒看見他也沒聽見他的笑聲，當我終於明白他為什麼要笑以及他出現在我的床邊的原因：數以百計的毒蛇緩緩地從門下爬進來，牠們攀上家具和床欄杆，牠們在毛毯和汗水濕透的床單之間捲成一團，最後從傷口鑽進我的血管後消失，那是我用刀尖割開引流毒液的手上的傷口。

那是我對當時唯一留下的影像。一幅永遠烙印在我眼底的畫面，彷彿高燒留下的痕跡，或者一場被打斷的夢最後的迴光返照，而經過這些年，再一次回來。然後只剩下黑暗。只剩下漫漫長夜和寂無聲響。

當我醒來，熱辣辣的陽光正照在我的臉上。應該是中午時間。我猶然記得那毒辣的陽光，以及那濕透我的皮膚，跟棉被貼在一起的涔涔大汗。我花了點時間才睜開雙眼。我的眼睛已經習慣黑夜——往生者那漫長而無邊無際的黑夜，抗拒接受傾瀉而下的光線，不願看到躺在床上那具形同枯骨的木乃伊，毫無疑問的，是毒蛇和陽光把我的身體變成這副膜樣。有那麼幾秒鐘，我閉上眼睛，試圖尋求黑夜的痕跡，和睡夢甜美的慰藉。有那麼幾秒鐘，我甚至接受了自己已經死去這件事。可是我知道事實不是那樣。我帶著恐懼和疑慮，慢慢地睜開了雙眼，準備好再一次而且是最後一次閉上眼睛。沒有原因。而當我終於習慣了那燙人的陽光，我看見了自己躺在床上依然完整無缺的身體，那隻被布條束緊而變形的手，以及籠罩在靜寂裡的空蕩蕩房間，跟今晚一樣，如此的冷清而空蕩。

我又花了幾天時間才有辦法起床。盜汗和高燒將我銷蝕殆盡。然而，手的腫脹逐漸消褪，而知道自己撿回一命的興奮，帶我走向康復之路。隔個禮拜，我已經能出門。起先拄著拐杖——就是我父親用到過世為止已磨損的那根，我再一次在村莊裡閒晃，悄悄地拜訪每一間屋子。但是，我再也不敢靠近阿辛家。我再也不敢打從門廊前經過，那是阿辛跟他的妻子習慣坐著的位置，也是那天下午我跟死神擦身而過的地方。一直到三、四年過後，某個冬季夜晚，當水和暴雪來襲，摧毀了那棟屋子，我才又敢拿著手電筒，走在倒塌的牆壁之間。那晚伸手不見五指。儘管如此，儘管是黑夜，儘管下著雨，儘管我滿心恐懼，就著手電筒的光線，我還是在塌陷的梁柱和屋瓦之間，看見一張幾乎完整無缺的兒童床。床欄杆垂掛著四條粗皮條——彷彿依然等待著要把某個人綁在床上似的，而床墊的中央，有著在羊毛毯之間築巢的一堆毒蛇。

8

忽然間，疼痛又出現了：強烈、深沉，讓人無法呼吸。彷彿有隻幼蛇在我的肺部築巢。

有那麼幾秒，我喘不過氣來，記憶和呼吸都停止了。有那麼幾秒，我彷彿狗兒搜尋自己的肺部。接著，那股痛緩緩地，緩緩地消失，在胸腔留下冰冷同時又灼熱的陽光。

疼痛第一次發作時——那是到坎塔洛波斯的某個三月天，我就知道隱藏什麼危險。那時只是微微作痛，幾乎只是肺部吸進煙霧一樣，一點也沒影響我的工作（我正在撿拾生火的荊豆）。但是那次的隱隱作痛，我立刻知道就是這股緩慢的窒息感，在某一天扼殺了我女兒的生命，摧毀了她的肺部。

隨著時間過去，疼痛越來越強烈。一開始非常緩慢，斷斷續續發作。之後，一次比一次急迫，一次比一次更常流露在我失眠的雙眼裡，出現在我的呼吸當中。然而，此時此刻我必須承認，我一直不怕死亡腳步的逼近。我從一開始，便接受了這個無法逃避而清楚的訊息。從這股疼痛開始啃噬我的記憶和呼吸，我就把它的出現當作一種詛咒，從很久以前其實就存在的一種詛咒。而此時此刻，它在這裡，和我一起透過我的喉嚨呼吸，而此時此刻，時間消磨殆盡，我的眼底和眼前的最後幾道光芒開始慢慢地熄滅，死亡在我看來，是個甜蜜的休息，甚至是種期盼。

有人認為自己一輩子都做不到毫無畏懼地迎接死亡。我們年輕時，總把它看作非常遙遠，在時間上看來是如此遙不可及，而這個距離讓人覺得難以接受。之後，隨著一年年過去，正好相反的事實，也就是死亡近在咫尺，卻又讓我們充滿恐懼，讓我們無法正視它。可是，不論面對任何狀況，恐懼一直不曾改變：恐懼邪惡，恐懼破壞，恐懼伴隨遺忘而來的永無止盡的寒冷。

我記得還小的時候，就能察覺藏在往生者眼皮下的巨大空洞。我甚至還記得，那一天，我確切地發現了死亡令人忘不了的真面目。當時我六歲。祖父巴西利歐，也就是我父親的父親——我只記得他那雙爐火邊的靴子，已經好幾天沒起床。我的母親來來去去，把飯菜端上去給他吃——祖父連一口都沒嚐，而我的父親幾乎足不出戶。但是，他們不讓我進去看他。冬季的一天下午，我放學回家，看見父親在馬廄裡打造一口大箱子。他是如此專注，甚至沒注意我正盯著他的一舉一動。廚房裡沒有人。我等了一會兒，就著火取暖，累了之後，便上樓去找母親。我不知道當時的自己是否已意識到那天下午家裡發生什麼事。我不曉得當時的自己知不知道父親在幾乎漆黑一片的馬廄裡，做那口箱子要做什麼。我只記得，爬到樓梯的最後一層時，我聽見了某扇門後傳來母親的哭泣聲，我嚇了一跳，跑到祖父的房間想找她。她不在那裡。我的母親在另外一間房裡哭。祖父一個人孤零零地躺在床上，動也不動，他的頭垂在枕頭一邊，一雙眼睜得圓大。

從那一刻開始，我這輩子目睹過許多往生者最後的眼神。我看過我父母、我女兒空洞的雙眼，莎賓娜雙被冬雪傷害過發黃的雙眼。我這輩子甚至幾次闔上那些僵直的眼皮，而那底下永遠烙印著最後的畫面。我總是感到同樣的頭昏。我總是感到同樣強烈的寒意，如同那個冬季的午後，撞見祖父那雙失去生氣而透明的雙眼，所感覺到的強烈寒意。

然而，很久以前，不論是死亡帶來的頭昏還是寒意，都已不再讓我感到害怕。在我在內心發現它黑色的氣息之前，在變成艾涅爾唯一的居民之前，在加入往生者的幽魂行列之前，我的父親早已以己為例，教導我死亡只是我們走向寂靜人生旅程的第一步而已。我的父親一直是個身強體壯的男人，那種在這塊貧瘠土地上奮戰淬鍊而成的男子漢。然而，有一天，他病了，再也不曾從爐火邊的那張扶手椅站起來。我知道他來日不多。我知道夜裡貓頭鷹在果園裡啼叫——莎賓娜努力大叫以及拿石頭想嚇跑牠——宣告他的死期。可是他看不出有絲毫恐懼。他從不洩漏任何害怕的痕跡。一天下午，大約是接近黃昏時刻，我乍見他步履蹣跚，沿著巷子走著。我問他要上哪兒去，他只是帶著無止盡的悲傷看著我。「我去看地點。」我記得他這樣跟我說。「去看你們很快就要帶我去永遠休息的地點。」隔天早上，莎賓娜發現躺在床上的他已經嚥下最後一口氣。

我父親的最後那句話一直停駐在我的記憶裡。他那股接受被打敗的冷靜，深深地撼動了我，後來幫助我面對死亡。毫無畏懼。毫無絕望。我知道自己終會在死亡找到對於遺忘和失去的安慰。當我發現莎賓娜吊死在磨坊裡，就是這句話幫我在大雪中將她拖回家。之後，當我變成艾涅爾孤零零的居民時，也是這句話幫我接受自己在兒子和曾經的友人和鄰居的記憶裡，已經死亡的事實。經過這些年，當疼痛彷佛一場苦澀的黃雨淹沒我的肺部，是這句話在此時此刻幫我心無畏懼地聆聽著，貓頭鷹在這座村莊的靜寂和廢墟當中，宣告我的死亡，而隨著我的死去，村莊也很快地將走向它的滅亡。

9

事實上，就算我再努力維護村莊內的房屋，艾湼爾卻在許久之前已經死去。當只剩我跟莎賓娜孤單兩個人時，這就已經是事實，甚至遠在我們最後一些鄰居或過世或棄村時，就已經這樣。這些年來，我不想也不願意去注意這件事。這些年來，我不願意接受死寂和廢墟清楚向我證明的事實。可是此時此刻，我知道隨著我永遠闔上眼睛，這座猶如屍體的村莊最後的殘磚碎瓦也將死去，只會繼續存活在我的記憶裡。

儘管如此，從山上瞭望，艾湼爾依然保有它以往的模樣和輪廓：茂密的楊樹，河邊的果園，寂無聲響的道路和茅屋，以及沐浴在正午的豔陽或大雪的光芒中，那石板瓦閃耀著藍色的光輝。從通往貝爾布沙那條道路的橡樹林，或者從坎塔洛波斯山的山口，村裡的屋舍看起是那樣遙遠、模糊和不真實，籠罩在薄霧的粉塵裡，除非近距離，不然沒有人能想像依偎河畔的艾涅爾已是一座永遠遭到棄村，只能聽從命運的墳場。

然而，我一天又一天地參與它逐漸變成廢墟的過程。我目睹了房屋一棟接著一棟倒塌，我徒勞無功地對抗，希望不要提早發生，最後變成我的墳墓。這些年來，我眼睜睜地看著一場漫長而殘忍的垂死掙扎上演。這些年來，只有我見證村莊走向最後土崩瓦解的命運，或許它甚至在我出生之前就已死去。而此時此刻，當我瀕臨垂死和遺忘邊緣，我還能聽得見埋在苔蘚底下石頭的哭喊，梁柱和大門腐爛時發出的無止盡悲鳴。

第一間關門的是璜・佛朗西斯克家。那是好多年前的事了，當時我還只是個孩子。我記得那間屋子的老舊大門，鐵欄杆陽台，而他們家的果園，是我們童年出遊和玩耍最愛躲藏的地點。至於那家人，我只記得他們一個女兒的眼睛。然後，我清楚記得他們離開的那一天：那是八月的某一天下午，一輛驢車上塞滿行李和家具，沿著往布洛托那條小徑離去。那時我跟父親在艾涅爾的隘口放羊。我們坐在草地上，凝視他們在離我們不遠處經過，穿越荊豆樹叢，消失在午後通往艾斯卡汀的道路上。我記得父親安靜了好一會兒。他背對著望向道路，彷彿那時他已知道，從那天下午開始即將發生的事。我驀地感覺到一股莫大的悲哀，便在草地上躺下來吹起口哨。

璜・佛朗西斯克一家子的離開，揭開了一場漫長而無止盡的道別，那阻擋不了的棄村開始之後，很快地，將藉由我的死變成真正的訣別。一開始只是慢慢的，到後來簡直變成倉皇而逃，艾涅爾的鄉親——如同整個庇里牛斯山區的其他村莊的村民，在他們的車上盡可能塞上家當，永遠地關上了自家大門，默默地踏上通往平地的小徑或道路。彷彿一道怪異的風，忽然間吹過這些山區，在每個人的內心和每間屋子颳起了風暴。彷彿有一天，在經過了那麼多個世紀之後，人們突然抬起低垂的頭，發現他們生活困頓，可以到其他地方尋覓改善生活的機會。沒人回來過。甚至沒人回來拿走他們留在這裡的一些家當。於是就這樣，慢慢地，如同周遭的許許多多村莊，艾涅爾逐漸變成空殼，永遠孤獨的空殼。

我還記得那幾年有些人的離去讓人特別感傷；他們的棄村出乎意料，留給我們這些留下來的人比平常還要強烈的空虛感。比方，我記得阿默爾的離開，是子女強拉她前往她根本不想看到的地方。或者奧雷里歐．沙沙的離開時——那棟大屋，他才剛埋葬妻子沒幾天。或者連安德烈斯也離開了。然而，當時的這些離別，不管是我的親生兒子還是最後離開的胡利歐，對我和莎賓娜來說，代表結束的，是老安德里安的離別，而這也是讓我最難忘的。

那年是一九五〇年。我們留下來的只剩下三戶：胡利歐、托馬斯・葛文以及我。大家分居村內不同地點，周遭盡是許多關上門或已化為廢墟的屋子。大家都已接受艾涅爾即將滅村的事實。安德里安搬來跟我和莎賓娜一起住已經一段時間。他孤苦伶仃。他在勞羅家幫傭超過半個世紀，那家人離開後，安德里安變成孤單一個人，彷彿失去主人的狗兒，他沒有屋子，沒有家人，也沒有工作。我跟莎賓娜收留他，主要是出於憐憫和不捨，而不是這個可憐的老頭子能幫我們提供什麼。不過，他心懷感激，像是忠狗一樣，每天努力工作，回報我們提供吃住。安德里安是西亞斯人，那個地方離巴沙藍不遠，他到艾涅爾來幫傭時還是個孩子。從那時候起，他再也不曾離開這裡。就連內戰時，整座村莊都疏散了，他也寸步不離。那一年，他孤零零一個留下來看守雇主家的羊群，忍受山區不斷的轟炸，當時，這一區因為接近邊界而且靠近沙比拿尼戈鐵路而深具戰略地位。但是，現在安德里安老了，在他付出一輩子的時間忠誠服侍雇主家和他們的屋子之後，他像條狗被拋棄了，他無處可去，其他地方都找不到可以收留他的人，總之，他最怕的莫過於再一次無依無靠，不過這一次是永遠，他凝視一座村莊走向死亡，而這裡甚至不是他的故鄉。其實，安德里安沒告訴過我這件事——他幾乎不說話，更別提表達他的感受和恐懼；可是，我能從他那雙流露無止盡憂傷的眼眸，以及從夜晚隔開我們之間的寂靜猜到，而與此同時，風呼呼地吹拂街道，樹幹在焰火之間慢慢地窒息。他把羊群關好，吃過晚餐之後，總是坐在爐火邊，然後留在那裡，幾乎沒跟我們說上一個字，一直到再也耐不住睡意，有時甚至過了凌晨時分。但是，我並不在意。我習慣了他的安靜，和他無聲無息的在場，他幾乎是動也不動地坐在扶手椅的一側，我知道他跟我們在一起，在大家都能感受到那愁苦而孤獨的人生的最後一刻，陪伴著我們，而我猜他也是這麼想的。

安德里安離開的那天晚上，他一個人在廚房裡待到很晚。我跟平常一樣，午夜十二點上床睡覺，我沒注意他有什麼不尋常的地方，沒有任何線索揭露他的決定，那一定是他在一段時間以前就已經下的決定。我還記得，我們甚至講到隔天要早一點起床，下午修理被風吹壞的茅屋的圍牆。可是到了早上，他已不見蹤影。安德里安離開了，他帶走工作了大半輩子後僅有的少許幾樣物品。後來我們就不曾再聽過他的消息。我們一直不知道他去了哪裡，也不知道他是否還活著。只是，一段時間過後，當我們差不多將他忘得一乾二淨，有一天，葛文在幾叢黑莓樹之間發現了他藏在那兒的行李箱，已被雨淋得腐爛，就在昔日走私販往來的那條路上。

當卡文和胡利歐還在艾涅爾時，我們三個一起努力不讓村莊提早走向破敗之路。葛文是個王老五，沒有家人，不過胡利歐還有兩個孩子以及他的兄弟，我們一起打掃引水渠，清理果園和街道，我們重新搭建圍牆和圍籬，或者我們有時甚至得鞏固梁柱，修補那些已經開始化為廢墟的房屋的裂縫。那幾年真辛苦，那幾年充滿了寂寞和絕望。可是，或許因為這樣，那幾年也凝聚了我們內心一種到當時為止都忘不掉的團結和友誼。我們都感覺自己無法抵抗山區的天氣和冬天的殘酷，我們知道自己很孤獨，被遺忘在一片荒無人煙的土地上，而這股撲向我們的無從抵抗感，讓我們的友誼比血緣還要親密。我們三個在工作上相互幫忙，我們共享之前曾屬於其他鄰居的牧場，晚上吃過晚飯後，大伙會聚在同一間屋子，依偎在火邊聊天和回憶當年。

然而，我們都很清楚那只是個夢想，只是個暫時的休兵之策，而這是一場漫長的戰爭，任何一天我們都可能成為下一個受害者。後來，下一個受害者是葛文。一天早上，我們發現他死在家中，坐在廚房裡，嘴裡還含著最後一根菸。這個老兄弟死的當時跟活著的時候一樣：沒有人注意他是完完全全孤單一個人。隨著他的過世，他那棟或許是最古老屋子的故事也畫下了句點，而我跟胡利歐不想要有一天孤單地待在艾涅爾的唯一期盼，也跟著破滅。

那個夏末，胡利歐離開了，他幾乎沒收拾家當，彷彿怕我會搶先他一步。他也沒跟我提起，一直到最後一刻，到離別的前夕，家具都已將搬到車子上了。我記得那一夜，街上籠罩著怪異的寂靜。我跟莎賓娜安靜地吃著晚餐，沒有注視彼此的眼睛，之後我就到磨坊躲起來。那是個哀傷無比的夜晚，或許是我這輩子遇過最哀傷的夜晚吧。我坐在某個角落，躲藏在漆黑裡，就這樣好幾個小時，我睡不著也忘不掉胡利歐道別那刻的最後一抹眼神。我從窗戶可以看見磨坊塌陷且覆蓋青苔的大門，以及楊樹映照在起伏河面的影子：靜止、嚴肅，沐浴在毫無生氣而冰冷的月光下，彷彿黃色的柱子。萬籟俱寂，圍繞著一種強烈而無法打破的靜謐，加深了我的焦慮。遠遠地，在那山巒的輪廓之上，是艾涅爾漂浮在夜裡的屋頂，彷彿楊樹在水面的黑影。可是，大約在凌晨兩點或三點的時候，一道微風忽然拂過河流，而磨坊的窗戶和屋頂傾刻間覆蓋了密集的黃雨。那是楊樹掉落的枯葉，秋天緩慢而輕柔的雨再一次回到山區，將田野塗上了舊黃金的顏色，將道路和村莊漆上了一種既甜美又殘忍的憂傷。那場雨只持續幾分鐘。然而，足以把整個黑夜染成黃色，破曉後，當晨曦再度刷亮那枯葉和我的雙眼，我應該明白了，一個秋天接著一個秋天，一日接著一日，雨水造成鏽蝕，並一點一滴沖刷牆壁的石灰、老舊的日曆，信件和照片的四邊，磨坊棄置的機器，以及我的心。

從那一晚開始，鏽蝕變成我唯一的記憶和這輩子唯一的景色。接下來的五、六個禮拜，楊樹的落葉掩去道路，蓋住引水渠，進入了我的靈魂，猶如闖進屋內的空房間。然後，就發生了莎賓娜的憾事。而村莊好似只是我眼底創造出來的，而鏽蝕和遺忘帶著所有的力量和殘酷，掩蓋了它。一切的一切，包括我的妻子，都丟下我離去。艾涅爾將會凋零，不論我怎麼努力都避免不了，而在一片闃寂無聲當中，我跟母夠彷彿兩抹怪異的幽魂凝視彼此，儘管我們倆都沒有我們想要尋覓的答案。

慢慢地，在我沒有注意的情況下，鏽蝕展開它攻無不克的破壞。漸漸地，街道上長滿黑莓和蕁麻，泉水溢出溝渠，茅屋在靜寂和冬雪的重壓下崩塌，比較老舊的房屋牆壁和屋頂開始出現裂痕。我無能為力。少了胡利歐跟葛文的幫忙——尤其是少了當時還懷著的希望，我只能任由鏽蝕和藤蔓擺佈。而就這樣，不到幾年時間，艾涅爾變成了如今這樣駭人而荒涼的墳場，此時此刻，我從窗戶還能看到它的樣貌。

除了葛文的家——他完整無缺的家有光芒照拂整棟屋子，其他屋子，每一間坍壞的過程一樣無法阻擋。黴菌和濕氣無聲無息地侵蝕，起先是牆壁，接著是屋頂，然後呢，彷彿一場慢慢發作的痲瘋病，蔓延到支撐屋頂那恰似骷髏骨架的屋梁。然後是野生的地衣、苔蘚乾枯的黑色觸角以及蛀木蟲，最後，當整間屋子腐爛到什麼也不剩，風或雪就會吹倒它。夜裡我聽著鏽蝕、牆壁上苔蘚腐壞的黑色痕跡的聲響，心裡很明白，過不了多久，它那雙看不見的手即將伸向我家。而有時，當窗外的雨水和暴風雪變大，當遠處的河流發出像打雷般的轟鳴，半夜當某面牆倒塌忽地發出的轟然響聲，總會將我從睡夢中驚醒。

第一棟倒塌的建物，是璜．佛朗西斯克家的馬廄。那裡荒廢許久，是非常多年以前的那個夏季午後，我跟父親一起凝視他們的離開，幾隻驢子拖拉的車子走在荊豆樹叢通往艾斯卡汀的路上，在此之前，驢子一直住在那間馬廄，而那棟建物再也承受不住荒廢的折磨，某個一月的夜晚，就在大雪中崩塌，好似中槍一命嗚呼的動物。他們屋子的其他部分隔一年全都倒塌，就在莎賓娜死後不久，也連帶拖累山迪亞哥家的馬廄和柴房。還要再三年多，勞羅的家確定揭開這個不幸的開始。但之後，慢慢地，幾乎是以同樣荒廢的秩序，房子一間接著一間倒塌，阿辛家、葛羅家、恰諾家，而就這樣，大多數的屋子真的都倒了。

輪到我家時，我早在一段時間以前就知道死亡在我的身邊徘徊。它在教堂裡，在果園裡，在貝斯克斯家的屋頂上，在街上的蕁痲叢中。可是，直到馬廄窗戶的一個裂縫告訴我，堆放麥草的屋梁已經開始腐壞，毫無疑問，鏽蝕侵入了這個家。當我發現時，整個人不知所措，我滿腦子疑惑，滿腹訝異，無法理解屋子竟然要塌壞了，而且是在我丟下它之前。接下來幾個月，我拿木頭以及從其他屋子拿來的梁柱支撐窗戶，成功阻擋裂痕的擴大。但是很快地，另外一頭也出現裂縫，更大更深，於是牆壁從上到下裂了開來，無論怎麼做都無法阻擋已經無可挽回的事實。十二月的某一天，大概是四年前吧，屋梁整個崩塌。腐壞已經完全侵蝕了屋頂的結構，最後在水和暴風雪的侵襲下塌毀。我從那裡拿出僅有的少許物品——柴火、農具，曾經拿來存放麵粉和家畜飼料的箱子，然後堆在家裡的房間，我已經準備好躲在屋內迎戰，毫無疑問，這應該是我的最後一場戰役。

從那時到今天為止，死亡以鍥而不捨的腳步逐漸侵入了屋子的地基和內部的梁柱。不慌不忙。沒有一點憐憫心。短短四年，藤蔓覆蓋了爐子和麵包籃，蛀木蟲將門廊的梁柱和屋簷蛀蝕一空。短短四年，藤蔓和蛀木蟲摧毀了一個家族一整個世紀的心血。此刻，它們肩並肩，從老舊的走廊和屋頂已經腐爛的木頭開始，尋找還支撐著這間屋子的重量和回憶的僅存物質。那些老舊、疲憊，發黃的物質——比如那晚下在磨坊裡的雨，比如我此時此刻的心情和回憶，有一天，或許是很快就要來臨的那天，也一樣會全部腐爛，最後，在雪中坍塌，或許那時我還在屋子裡。

10

那時我還在屋子裡——母狗在門廊悲嚎，而死亡其實已登門造訪我非常多次。它來的時候，正是我女兒意外回來那晚，佔據自她斷氣那天起就一直上鎖的房間。它來的時候，正是莎賓娜那張老照片復活的除夕夜，火舌慢慢地吞噬掉照片，還有它曾在這裡，注視我的垂死掙扎，那時我的生命火花正慢慢地熄滅，在棉被之間被高燒和瘋狂吞噬。它來了，準備留下來跟我永遠在一起，就在我的母親安息了這麼多年後，身影忽然出現在廚房裡的那晚。

在那晚之前，我還一直懷疑自己的眼睛，懷疑這間屋子裡的幽魂和靜寂。儘管經歷那麼真實，到那時為止，我還一直以為——或者我試著相信，那些是回憶的畫面，是高燒和恐懼勾起的。可是，那一晚，畫面是如此鮮明而不容置疑，消去了任何的存疑。那一晚，當我的母親打開門，倏地出現在廚房裡，我就在那裡，坐在爐火旁邊，正對著她，跟此刻一樣清醒睡不著，而看見她，我心底沒有一絲恐懼。

儘管過了這麼多年，我一點也不費力地認出了她。母親的模樣跟我記憶裡一樣，確確實實地跟生前一樣，當年她日以繼夜在屋裡忙進忙出，照顧家畜和全家人。她依然穿著那套莎賓娜跟我妹妹替她在過世後換上的洋裝，和那條她從不拿下來的黑色手帕。此刻，她坐在爐火邊的扶手椅上，一如以往，動也不動，安安靜靜，似乎是來告訴我真正死去的不是她，而是時間。

一整夜，門廊處的母狗都在悲鳴，牠睡不著，驚恐不已，如同當年艾涅爾的鄰居還在替他們的逝者守靈，或者像是當年那些走私販或狼群接近村莊時。一整夜，我跟母親靜靜地凝視著火焰如何吞噬掉荊豆，而回憶也隨之化為灰燼。過了這麼多年，過了這麼久因死亡被迫分離的時間，我們倆再一次面對面，儘管如此，我們還是不敢重拾許久以前猛然中斷的對話。我連看都不敢看她。從母狗受到驚嚇的叫聲，以及火焰映照在扶手椅地板上的怪異影子，我知道她還在廚房裡。可是，我沒有一絲恐懼。我一刻都不懷疑母親是來替我守靈。只是到了黎明，當溫暖的陽光突然將還坐在爐火邊的我喚醒，然後我確定她已經不在廚房，並想起月曆的日期，剛逝去的是二月的最後一夜，一陣駭人的冷顫這才竄遍我全身。我的母親就是在這一晚嚥下了最後一口氣，而那已經是四十年前的事。

從那一天開始，我的母親又回來陪過我許多次。她總是在午夜到來，那時我差不多已昏昏欲睡，而樹幹在爐火之間逐漸熄滅。她總是出其不意出現，無聲無息，沒有腳步聲，也沒有聽見走廊的門和大門事先揭露她的到來。可是，在她踏進廚房之前，甚至在她的幽魂出現在街上之前，我已從母狗驚恐的叫聲，知道母親到來。有時候，當孤獨比夜晚還要深沉，當疲倦和瘋狂淹沒了回憶，我會衝向床鋪，蓋上棉被，像個孩子，以免自己跟牠一樣失聲尖叫。

然而，一天晚上，大概是凌晨兩、三點，一陣窸窣的呢喃聲將躺在床上的我突然喚醒。那是個寒冷的黑夜，是秋末時分，如同此時此刻，黃雨模糊了窗外的景色。起先，我以為那窸窣聲來自屋外，是風橫掃街道上落葉的聲音。但我馬上發現自己錯了。那怪異的窸窣聲不是來自街道。那怪異的窸窣聲來自屋內的某個地方，而且那是講話的聲音，就在附近，彷彿廚房裡有人在跟我的母親說話。

我僵直地躺在床上，聆聽許久之後，決定下床。母狗已不再吠叫，牠的安靜，讓我對那怪異的講話回音更加警覺。但我已拿起那把從莎賓娜過世後一直放在外套裡的小刀，我步下樓梯，決定弄清楚是哪個人跟我的母親在廚房裡。我不需那把刀。刀子對我一點也沒用。

跟我母親在廚房裡的，也只有死者的幽魂、黑色的影子，安安靜靜地圍著爐火坐著，當我猛然開門，它們一致回過頭來看我，我毫不費力就認出莎賓娜和這間屋子所有逝者的臉孔。

我離開屋子到街上，沒停下腳步關上大門。我記得出去剎那，一陣冰冷的風吹上我臉頰。整條街道佈滿枯葉，旋轉的風帶走葉子，吹向果園和家家戶戶的庭院。一切如此快速，如此混亂，如此令人措手不及，如今我還不敢非常確定自己是不是在做夢：我猶然記得皮膚留有棉被的溫度，風吹得我睜不開眼，將我推向一旁，推向屋頂和圍牆，天空跟惡夢裡一樣是黃色的。但不是的。那不是夢。我在家中廚房看見的聽見的是那樣栩栩如生，此刻的我站在街上，動也不動，害怕不已，再一次聽見背後傳來怪異的說話聲。

幾秒鐘時間，我呆若木雞。幾秒鐘時間——彷彿永無止盡，風猛力地不斷吹打屋子的門窗，我以為心臟就要爆炸開來。我剛剛逃出自己的屋子，我剛剛丟下來自死亡的寒冷和目光，而此刻，不知道怎麼著，我再度跟死亡碰面。它在貝斯克斯家的廚房裡，坐在扶手椅上，依偎在不存在的爐火旁，守著已經沒人記得的屋子回憶，正好在一扇我不知不覺靠著的窗戶後面。

我害怕不已，拔腿沿著街道狂奔，不知道該往哪裡去。我整個身體冒著冷汗，被枯葉和風遮去了視線。忽然間，整座村莊似乎動了起來：隨著我的腳步，牆壁靜靜地分離開來，屋頂浮在夜空的高處，彷彿被迫與身體分離的影子，而夜空完全染成了黃色。我經過教堂，沒停下腳步。我壓根兒也沒想到要暫時躲在裡面。鐘樓傾倒在我眼前，警告著什麼，而鐘再次響了起來，似乎它們在地底下還繼續活著。在葛文家的那條街，那座水泉反而像是突然死去。管子不再流出半滴水，而在綠色水草和水芥陰影之間，水跟天空一樣是黃色的。我跑到勞羅家，逆著風開出一條路。我的身體被蕁痲刮傷，我的腳被黑莓纏住，這些植物好似想要阻擋我的去路。但我到了。我筋疲力竭。我氣喘吁吁。好幾次差點跌倒。當我終於抵達一處寬闊的田野，遠離了房屋和果園的圍牆，我停下腳步凝望四周到底發生什麼事：夜空和屋頂連成一片燃燒，化成同樣熾熱的光芒，風吹打著房屋門窗，在大半夜裡，在枯葉和門板永無止盡的怒吼聲中，一種無邊無際的哀嚎傳遍了整座村莊。我不必回頭看也知道所有的廚房都出現那間屋子的往生者。

那一整夜，我在路上晃盪，鼓不起勇氣回去跟我死去的家人相聚。那五個多小時，我等待著破曉來臨，或許害怕這一刻不會來臨。恐懼讓我在山裡漫無方向和目的地走著，黏在衣服上的刺慢慢地耗盡了我的精力。但是我沒感覺。風吹得我看不見，我幾乎看不到刺，瘋狂將我推出夜晚和絕望之外。於是就這樣，破曉終於到來，我已遠離村莊，抵達艾拉塔的最高處，就在我好幾年沒再看過的廢棄羊群飲水槽旁。

不過，我坐在黑莓叢之間，還在等待太陽露臉。我知道村莊內已經沒人在等我，我的母親總是在天亮時離開，但是我實在筋疲力竭，幾乎站不住腳。然而，我慢慢地恢復力氣，或許我睡著了一會兒吧，當陽光終於褪去艾拉塔漆黑的雲朵，我再次上路，準備踏上回程之途。下山之路已經是大白天，我很快就尋著那晚來的路回去。風停了，一股深沉的寧靜緩緩地在山區蔓延開來。下面的地方，在河流的低處，在艾涅爾的房屋屋頂上，薄霧間瀰漫早晨同樣的甜美氛圍。當我靠近屋子時，母狗前來與我會和。躲在灌木叢間的牠忽然間從路邊冒出來，還因為恐懼和激動而發抖著。可憐的牠一整晚都躲在那裡，現在遇見了我，牠安靜地盯著我看，試著想了解些什麼。但是我無法跟牠說什麼。牠聽得懂我的話，但是我還是無法跟牠解釋連我自己都無法理解的東西。或許一切其實不過是場夢吧，一場因為失眠和寂寞引起的混亂而痛苦的夢。或者不是吧。或許我那晚所看見所聽見的都是真的——如同此時此刻我看到果園的圍牆和聽見四周的鳥鳴，那些黑暗的幽魂正在廚房等著我回家。然而，有母狗的陪伴，我壯起膽子，穿過村莊內的屋子，緩緩地走向我家。大門還是開著，跟我離開時一樣，走廊的盡頭跟往常一樣瀰漫一股沉沉的死寂。我毫不懷疑。根本不用停下來回憶那晚——以及之前的許多夜晚，我認為曾經歷過的事。我穿越門廊，進入家中，我以為一切都是幻覺，根本沒有人在廚房等我，夜間發生的事其實是失眠交織瘋狂而成的痛苦。事實上廚房沒有半個人。晨曦穿過窗戶撫照在跟以往一樣空蕩蕩的扶手椅。可是，難以解釋的是壁爐裡的火還燃燒著，發出怪異而神祕的光暈，我明明在上床睡覺前就已經滅火。

幾個月過去了，沒再發生同樣的怪事。我每晚都坐在廚房裡等待，專注聆聽任何聲響，害怕大門又自動打開，母親再一次出現在我的面前。但是冬天過去了，沒發生什麼攪亂廚房和擾亂我內心平靜的事。而就這樣，當春天降臨，當冬雪開始融化，白天時間拉長，我肯定那件事不會再發生，因為那只存在我的想像裡。

但是又發生了。在半夜出其不意地發生了。當時下著雨。我記得十一月結束了，而玻璃外的街道是黃色的。她坐在扶手椅上，靜靜地盯著我看，一如第一次發生的那天。

從那時起到今天為止，我的母親又回來過好幾遍。有時候跟莎賓娜一起回來。有時候跟著一家子一起回來。很久的一段時間，我躲起來不想看到他們，我躲在村裡的任何一個地方，或者到山區閒晃好幾個小時，漫無方向和目的。很久的一段時間，我抗拒他們的陪伴。但是他們繼續回來，次數越來越頻繁，到了最後，我只得認命，接受跟他們一起分享我的回憶以及廚房的溫暖。此時此刻，死亡已經在這間房間的門口徘徊，空氣逐漸將我的雙眼染成黃色，想到他們在這兒，坐在爐火邊，等待我的幽魂加入他們，永遠地跟他們在一起，就感到安慰。

II

我一直是這樣想像。突然間，霧氣淹沒我的血管，我的血液如同一月隘口的水泉一樣凍結，當一切結束之後，我的幽魂會丟下我的肉體，下去壁爐邊坐在我的位置上。或許這就是死亡，簡簡單單。

我一直這樣想像。甚至遠在我認為死亡還非常遙遠的時候。但是現在死亡的腳步已經逼近，現在時間已經耗盡，霧氣包圍了床欄杆和我的回憶，我再一次閉上雙眼，腦子回想那些日子，倏地我的心中浮現懷疑，死後我的幽魂是不是不會坐在火邊，跟他們在一起。

這不是第一次我的心中浮現這樣的疑問。事實上，從我母親第一次出現的那晚起，這種感覺就一直在我的心頭徘徊不去。或許，這是一種黑暗而擺脫不了的感覺，自己已經死了，從那時開始所經歷的一切不過是回憶在寂靜裡崩塌的最後回音。

從母親第一次現身的那晚起，我不曾再照過鏡子。在門廊一根梁柱上，掛著一面小小的鏡子，偶爾刮鬍子時，我會看看自己無法停止走向衰老和死亡的容顏，同樣那晚一陣狂風將鏡子吹到地上打破了，有時候，我會在村裡發現被丟棄的鏡子，不是破了，就是在時間侵蝕下生鏽而模糊。有一些，只要抹去上面覆蓋的靜寂，鏡中人影還能還以我一個眼神。但是我一直沒有足夠的勇氣清乾淨，面對事實。我總是在最後一刻缺少需要的勇氣，一窺鏡子，看看一定在鏡子另一頭等著我的深淵。

從我母親第一次現身的那晚起，我也不曾再離開艾涅爾。過去我偶爾會這麼做：一次是在四月，到帕亞斯的商店買食物，以及拿毛皮交換彈藥，或許九月再一次，到布洛托或者沙比拿尼戈，在那邊的市場賣一袋水果，而如今許多水果都在艾涅爾的樹上腐爛。可是我總是很快回來。我不喜歡丟下村莊孤單太久。我害怕不在的時候，會再發生某一天我跟母狗到山裡去，所發生的事。

那是八月的一個下午，已經是五年前發生的事，從那天開始，我的人生發生了許多事情——或許也包括我的死亡，那天下午發生的事依然鮮明地烙印在我的記憶裡，不曾改變。比如，我記得莫德恰的微風，荊豆或百里香的芬芳，而前一天那兒還藏著捕獸的陷阱和機關。我記得那些從艾斯皮耶雷緩緩升起的雲氣，以及讓我不得不提早在正午返回艾涅爾的昏暗天色。彷彿天空正警告我這裡正在發生的事，彷彿昏暗的天色不自覺將我推向日光和暴風雨的中心。不過，我遲了一些時間才看見村莊。雨水模糊了我的視線，風將我的衣服吹得糾結一塊，然後突然猛烈地拉動。但是，當我還離村莊有段距離，從那條通往莫德洽茅屋的老路上，我發現奧雷里歐家的門廊綁了一匹馬。我第一印象僅是詫異。那是這麼久時間以來第一次有人來訪；自從莎賓娜下葬後，這是第一次有人敢踏進這片遺忘和死亡佔據的領土。我逆著風慢慢地前進，我踩著堅定的步伐，穿梭在各棟房屋之間，想要知道是誰在奧雷里歐家裡，在那裡幹什麼。不消多久我就知道了。我一到馬匹旁——母狗跟在後面保護，沒有吠叫，我就知道馬匹的主人，且不管是誰，來到艾涅爾做什麼：大門兩側放著好幾個家具，而在街道上，有一堆器具正等待被放進袋子裡。我的第一個反應是去找這個人；但我隨即想，還是待在門廊拿著獵槍等待對方出來比較妥當。奧雷里歐看到我後呆若木雞。他舉起手比畫一個意思不太清楚的動作，像是跟我打招呼——過了這麼多年以後，可是我的冷漠讓他明白我不會有什麼回應。接下來幾秒，我們倆面對面啞口無言。或許，在這一刻奧雷里歐想起了我們永別的那個清晨——隔天早上他就離開了，跟在我們此刻所在的位置是同一個地方。可是我已經記不得了。自那時起，已經過了這麼的多時間，我的目光堆砌了那樣多的遺忘，我幾乎已經看不清歲月在他臉孔留下的痕跡。因此，我走到一邊，槍指著他，目光一秒也沒離開他身上。因此，我強迫他離開，沒跟他說半句話，也沒讓他帶走任何東西。最後，當他拖著馬匹的身影消失在樹林之間，我對著雨水開槍，要他了解永遠不該回來，因為那再也不是他的屋子和村莊。

那些器具和家具就擺在街上任憑腐爛，不管是奧雷里歐還是他的兒女，都沒人再回來找東西。看來，奧雷里歐回貝爾布沙後，宣揚我差點殺了他，從那時起，連牧羊人都不再像以前一樣帶著羊群越過山谷的邊界。我幾乎也不再跨出這裡。但是，有一次當我這麼做——那一次我到鄰近的某座村莊買食物，我發現，我偶爾現身引起的訝異已經變成了恐懼和不信任感。沒有人跟以前一樣當我是遭到遺棄的孤單老人。當我經過，他們躲在窗戶後面，把我看作瘋子，也把我當作瘋子。但是我不是太在乎。我也沒有讓他們知道我感覺到了那些盯著我後背的目光。我習慣一個人生活，而其實我寧願他們緘口，也不願他們開口。

他們的緘口已成事實，他們的開口已永遠變成往事，就在我母親回來的幾天以前。那是奧雷里歐插曲發生的隔一年冬天，那是我必須相信自己能抵抗命運的第一個冬天。其實我已別無他法。上一個夏季，那孤獨甚至已滲透到我的骨髓，九月開始，我感覺自己沒體力跟往年在同樣的時節，下山到畢斯卡斯買食物和能夠毫無意外地度過幾個下雪漫長月份的所需物資。

那個秋天異常平靜和清朗。艾拉塔的風晚了一點才抵達，而雨一直到諸聖節才到。十月的時候，我還有時間不疾不徐地採集水果和馬鈴薯，以及劈柴，數量足以用到夏天。另一方面，我的儲藏室還剩有前一年冬天的存糧，而且能安心地拿回陷阱和機關捕捉到的獵物，我以為熬到春天沒問題。

可是十二月到了，冬季的第一場大雪也來了。那是我印象中最大的幾場雪之一。在一個禮拜內，雪花日以繼夜地下在艾涅爾上方，雖然到最後，並沒有像我童年的那場大雪，迫使大家得從窗戶離開家裡，以及狗兒得在馬廄的通道和屋頂吠叫，但大得足以讓我一整個月被活埋在屋子裡。糟糕的是，陷阱和機關也被埋住了，從那時開始，我只能靠儲藏室裡少許的食物過活。

首先，麵粉跟肥豬肉吃完了，接著是乾肉，到了耶誕夜，最後的菜豆和油也耗盡。我記得那一天，我把儲藏室僅剩的所有東西煮了一大鍋菜。雖然沒有人會來陪我，那天晚上，我還是想要燒一頓美味的晚餐慶祝。接下來，展開一場努力活下去的奮鬥。非常多天，我只靠馬鈴薯和核桃果腹（其他水果在箱子裡慢慢腐爛——儲藏室裡的濕氣越來越重，而忘在果園裡的水果跟我一樣，被埋在一公尺深的積雪當中）。於是我熬過了剩下的十二月和整個一月。我用鍋子煮馬鈴薯，或者放在火上烤，拿到門廊的窗戶那兒，就著雪的吹拂變涼，然後，如同以前跟莎賓娜一樣，我坐在廚房裡跟母狗一塊分享。我沒有其他食物可以給牠吃。

但是馬鈴薯也越來越少，而門外的冬雪還是不動如山，冰凍而難以破壞，好似永遠都不會融化。安靜而空洞的日子一天天過去，日子一成不變，隨著日子過去，回到山區的希望也越來越遙遠和不切實際。只要雪繼續下，我就一籌莫展。暴風雪一定都把野兔推下山谷，此刻野豬躲在牠的巢穴，跟我一樣，等待能回到山區的時刻來臨。到了一月末，又下了一場雪——在之前的雪還沒能結束之前，希望破滅，突然變成一種面對威脅而無力的深刻感受。那是一種新感受，起先難以形容，是一種不怎麼樂觀的過早猜測，之後隨著下雪，一點一滴地擴散、清晰起來。這一輩子，我大概見過一些非常艱困的情況，有些非常難熬——比如莎賓娜的死或獨自一個人度過黑夜的第一晚，以及我這一刻所忍受的情形。但是到當時為止，我從未想像過自己得面對飢餓。

二月初的幾天，狀況已經變得完全無法忍受。飢餓的危險讓我不得不再分配僅剩的存糧，以及做一些我在這之前根本無從想像的事情：將全村從頭到尾搜索一遍，尤其是剛廢棄不久的那幾間，尋找有哪些可以支撐下去的東西。正如預料，我幾乎沒找到什麼，只有箱子裡殘餘的一些麵粉，但已經腐爛，幾個生鏽的罐頭，顯然已經無法吃，還有第一天在葛文家找到一袋皺巴巴的乾癟菜豆——屋主過世五年多了，煮熟後我跟馬鈴薯皮一起給母狗吃。其實我最擔心的是牠。總之，我知道自己還能再撐兩三個禮拜——靠怒氣和驕傲，但是牠無法理解，於是牠躺在門廊處，日以繼夜地哀叫，如同莎賓娜過世之後的那幾個月。

母狗在那幾天相似的怪異行為不是巧合。窗戶外一樣大雪紛飛，死寂一樣侵入屋內的每一個角落，而我也一樣安靜地坐在廚房的爐火邊。我不是到此時此刻才想到這件事。我在那天下午，走在通往貝爾布沙那條路上也想過，當時我吃力地在雪地邁開腳步，一如那天我下山去通知鄰居，要他們那晚陪我看守莎賓娜的遺體，等到隔天替她下葬。現在，過了這些年，我又下山去尋求協助。我需要他們施捨一點食物。當時的我已經忍耐撐了許久，但到了最後，大雪和母狗的目光，超過了我能忍耐的限度和我的傲氣。

貝爾布沙的狗群跑到路上擋住我的路，只要我一踏進村莊，就一秒鐘也不讓我過去。受到驚嚇的牠們露出威脅動作，在我一旁吠叫，兇狠地露出利齒，彷彿當我是小偷或是流浪漢。但是狗群的狂吠並沒有驚動居民。起碼，並沒有人打開門，探頭看看發生了什麼事。好似整座村子也空無一人。好似跟鄰近的其他許多村莊一樣，居民都已經離開，只留下狗兒在那裡看守主人的屋子和財物，他們連走之前也沒賞牠們吃子彈。但我非常清楚這不過是想像。我知道貝爾布沙還有六戶人家，現在正在屋子裡面。

我像是其中一條狗，在冷清而空蕩的街道閒盪好長一段時間。跟山上不同的是，這裡的冬雪已經開始融化，而各間門廊的門檻處，狗兒的足印跟看似不存在的人的腳印混合在一起。我孤零零一個人。站在街上，我可以聽見他們從走廊盡頭傳來的無聲無息腳步聲，聽見他們躲在某個窗簾後的低聲交談，感覺到在那蔓延開來的靜默中，我出現在屋外引起了他們的不安。所有的人肯定都想起了莎賓娜決定結束生命的那一天，然後自問，過了幾年後，是什麼原因逼得我踏上冬雪覆蓋的道路，再一次下山到貝爾布沙。或許也有人看到我的腰際綁著繩索，甚至以為我試過跟莎賓娜所做的一樣傻事，現在看到的是幽魂，下山求助他們（彷彿當天晚上就這樣做），要他們到艾涅爾替我下葬。但是我非常清楚自己那時還活著。儘管孤獨恍若一場緩慢上演的夢境，已經開始混淆我的感官，我依然能意識到自己，而走在街上，我能感覺他們的視線，以及狗兒慢慢包圍我所築起的寂靜。狗兒也被那寂靜搞得心神不寧。牠們跟著我走遍整座村莊；這段時間，牠們徒勞無功地想要警告居民，而此刻，在最後一間屋子邊，回到道路旁，牠們不解地看著我，不知道為什麼主人不願出來，而過去聽到牠們震天的吠叫都會出來查看的。然而，我知道為什麼。從我跨越他們對我設下的警戒線，從我從村莊頭走到村莊尾，叫了幾扇門都沒獲得回應，我就知道我隨時都可以離開，因為貝爾布沙村莊沒有人願意開門見我。

那是最後一次我試著下山求救，那是最後一次有人看到我嚥下驕傲，不顧他們替我隔起的界線和回憶。我尋著下山時留在雪地上的足印，返回唯一那間願意為我敞開大門的屋子。我記得回家時已經夜幕低垂。雪地反射的光淹沒冰凍的天空，呈現一種不可思議的光亮。我一直坐在門廊的扶手椅上，跟著母狗，凝視眼前的景色直到清晨。

12

那是我度過人生餘日的地方。我在那裡看著日子一天天逝去，猶如浮雲飄過我的眼前。

在那裡，在那同樣的位置，我的父親某一天也望著他的鄰居無情離去，我已無動於衷，我參與了村莊以及我的身體最後的崩塌，我既不感傷也沒有失去耐性，等待著今晚的到來。只有母狗跟著我到最後。只有母狗，還有那條跟我一樣安靜、憂傷、孤單和被人遺忘的河流，那唯一支撐我活下來的東西，而河水恰似我生命的流逝。

這些年來，當孤獨是那樣強烈，連藉著回憶都無法擺脫的時候，我曾多次到岸邊尋覓陪伴。我已去過好幾次，當時居民開始離開艾涅爾，到了夜裡，我會下樓，躲到磨坊，以免隔天早上不得不跟他們道別。於是，我借助河流的靜默、它隱藏的力量、它偏遠的隱密，我從小就常去那邊，認識那兒。但現在我去那裡不是想尋找獨處。現在，到處都充滿孤寂，瀰漫在每棟房屋以及包圍著我的空氣裡，只有在河畔，在岸邊的榛樹和楊樹之間，我找得到帶來寧靜的安慰。

我一直不是很明白為什麼。或許是因為樹葉在水面上的沙沙聲。或許是因為樹幹的陰影聚在一起模糊了我的回憶和視線。但是楊樹的陪伴能讓我靜下心來。正如同艾拉塔的橡樹林或者巴沙藍的松樹林，置身岸邊的樹林，總讓人感覺自己不是孤單一個人，在那裡的暗處還有其他人。這是一種從我幼年就不解的疑問，之後，隨著年紀慢慢地忘卻，而此刻，再一次回來幫我忍受艾涅爾的孤獨，以及日子無情地走過街道離去。

然而，置身岸邊的樹林總有一種自己不是孤單一人的感覺，如同置身在艾拉塔或是巴沙藍的樹林一樣，這不只是個猜疑而已。事實上，在岸邊的樹林有許多影子，除了我自己的以外，還有永無止盡的低語聲，是急流激起的嘩啦聲無法遮蓋的聲音。只有我能感覺到那些影子。只要定睛一看，它們就會像煙霧散去，甚至我曾懷疑那是否真的存在。但是狗兒的哀鳴——那種從水裡冒出的悲哀叫聲，跟艾涅爾居民歷年來丟進河裡的所有狗崽叫聲融在一塊兒，母狗都跟我一樣聽得見，於是變得緊張起來，尤其是牠在當中認出一塊出生的其他六個手足，正是我在牠們剛出生不久後，全都裝進了袋子，扔進水塘淹死。

可憐的母狗。牠甚至沒機會認識他們。牠是同一批狗崽唯一活下來的一個，當牠睜開雙眼，兄弟姊妹都已經在袋子裡腐爛，或許在河流下游遙遠的地方，菖蒲和燈心草之間的深水處吧。其實母狗從沒認識其他的同類。牠的母親在那次產子死去——老茉拉年紀已大，而且這輩子生產太多次，牠孤零零長大，真的是孤零零的，就在那些連狗兒都已離開的街道上。莎賓娜是牠真正的母親。她每天用羊奶將牠餵大，一開始，甚至有些夜裡為了給牠溫暖，還將牠帶上樓跟我們一起上床。可是莎賓娜還沒給牠取名就撒手人寰。我們都沒想到替牠取名。何必呢？何必多此一舉替母狗取名？既然村裡沒有其他狗，不需要做出區分。

誰能告訴我。那隻沒有名字也沒有手足的母狗，那隻幸運逃過淹死一劫還沒睜開眼的小狗崽——牠最後一個出生，會是唯一陪我到生命盡頭的生物。大家都走了，牠卻留在我身邊。最後一次去貝爾布沙後，我決定不再離開這裡，把自己關在屋裡，牠依舊是我的榜樣，不擔心自己的命運，可是有一天我也可能離開牠。而母狗在那裡，躺在門廊處，那張我度過人生最後幾年光陰的扶手椅下面，牠分擔了我的命運，得到的回報只有一丁點的溫柔和少許的食物。

我不知道牠是不是也不自覺日子的腳步；在牠的冷漠背後，是不是藏著無法阻止時間而帶來的脆弱。要知道不容易。母狗總是趴在長椅底下，我的雙腿之間，或者漫無方向地跟著我在村莊裡閒盪，牠的眼神幾乎只透露一種表情，一種漫無邊際的厭倦和沮喪。只有到山裡，牠才能脫離那種狀態，只有到山裡，以及夜裡偶爾有某隻狼穿越艾拉塔山峰從遠方傳來嗥叫聲時。但牠很快地又變得無精打采。當我們回到家裡，母狗會再一次死氣沉沉，越來越嚴重，越來越難以捉摸。或許我也是吧：時間過得如此平靜，踩著如此緩慢而堅定的腳步，在房屋和樹木之間流逝，我甚至無法察覺自己猶如一瓶酒，在雙手之間蒸發了。

時間一直跟河水的流動一樣：一開始帶著感傷和曖昧，隨著一年年過去，向自己湧去。如同河流，童年像是水流在柔軟的水藻和青苔之間打轉。如同河流，人生會有從山谷急瀉而下的時刻，濺起的水花代表水流自此轉而急遽。人在二十或三十歲時，以為時間是一條無止盡綿延的河流，是一種從它身上汲取養分的不可思議物質，永遠消耗不完。可是，人們發現歲月背叛面目的那一刻總會來臨。總是會有個時刻——我的時間點正是母親過世，年輕歲月忽然間畫下休止符，時間開始融解，恰似陽光滲透了一大堆雪。從那個時刻開始，一切不再跟以前一樣。從那個時刻開始，日子和年開始縮短，時間變成轉瞬即逝的蒸汽，一如冬雪開始崩解融化，一步步地包圍了心，讓它沉睡。就這樣，當我們發現時，連抗拒都已太晚。

我發現心死的時候，是最後一批鄰居離開的那天。在那之前，我的生活一直專注工作，心思都在屋子和家人身上——儘管我所有的努力到最後全化為烏有，根本也沒時間看自己如何變老。但是那天晚上，當胡利歐一家子正在做上路的最後準備工作，黃雨溫柔地灑落在河面，我躲在磨坊裡，猛然發現我的心已經完全被雨水淋濕。之後就發生了莎賓娜的悲劇。而從那一天開始，孤獨逼得我永遠逃不過成為證人的命運，眼睜睜看著自己在過往歲月的重壓之下崩塌。

然而，在最後這幾年，也就是下定決心不再離開艾涅爾去尋求沒有人願意給我的東西之後，孤獨變得那樣強烈，讓我甚至不再注意或記住日子的腳步。這已經不是莎賓娜死後第一個冬季包圍我的那股令人不知所措的怪異感覺。這僅僅是我再也記不得前一天發生的事，甚至不知道那是否真的存在，無法像以往一樣感覺自己的內心，一個小時接著一個小時斷斷續續地流逝，跟著血液在我的血管裡奔竄。彷彿時間嘎然停止；彷彿我的心已經整個腐壞——如同艾涅爾果樹的水果，而我幾乎無法感覺到日子的消逝。我記得，這股陌生的感覺起先嚇了自己一跳。夜裡，它恍若惡夢襲擊，讓我不得不保持清醒，不敢闔眼，我躺在床上翻來覆去，害怕若不敵睡意，或許再也無法張開眼。然而，慢慢地，我習慣了它，甚至放任自己捲入那種令人迷惑的感覺，會有一種特別的興奮。彷彿孩提時，當我泡在河裡，浸在水中，一動也不動，讓河流帶著自己到磨坊下面的水道，從來沒有人或是東西從那兒回來過。我坐在門廊或者廚房裡，帶著平靜和冷漠的目光，看著眼前畫面或者火堆的某個點，再一次地，那同樣的感覺襲上心頭，讓人迷惑而不知所措，既平靜又危險。

可是，我知道，我在河中可以停下來，逃離水流，就這樣，在最後一刻救自己一命，而現在水流在我的身體裡。儘管我已感覺不到它，我知道它像條看不見的河在我的血管裡奔流，時間最後的激流穿越死亡深不見底的甬道——我現在處於的垂死狀態，將我沖走，絲毫無法抵抗。而有時，當孤獨比靜寂還要強烈，我已經能感覺到他們的幽魂，如此靠近，如此強烈，我於是離開門廊或廚房，好幾個小時在河邊遊盪，想要忘記在我血管裡流動的死水低喃聲。

其中一次，我不記得是何時了——我的記憶已經靠不住，每當回想起這輩子最後幾年的時光，就像塌陷的冰雪——我訝異發現天黑了還坐在河畔。我記得，沒錯，那是個冷颼颼的下午，是十一月或十二月吧（凍人的風吹下來，撫過河流和葉子已掉光的楊樹），我坐在那裡動也不動好幾個小時。母狗望著我，牠躺在燈心草之間，或許正不解為什麼這天下午要逗留這麼晚，不回到爐火的旁邊。牠一定很冷。但是我繼續坐著，身上裹著外套，凝視夜晚的靜寂在河畔的樹林之間擴散開來，還有一種難以解釋而突如其來的恐懼，讓我不敢回家，又一天在廚房面對母親的無聲。我已經逐漸習慣她的出現，我已經認命每晚跟她一起分享回憶和壁爐的炭火，但是她那毫無血色的蒼白和安靜不語，依然帶給我跟第一天一樣的不安。

慢慢地，夜色籠罩河面，將楊樹和我的猶豫包圍在漆黑裡。黑暗降臨之後，河流似乎突然恢復生命力：風吹過燈心草，發出嗚嚎聲，激流那痛苦而無止盡的回音緩緩地安靜下來，而河水的澎湃忽然轉變成暗影和模糊的喧囂聲。樹葉沙沙聲、鳥兒振翅聲，河流淙淙聲和嗚咽聲，和風聲以及水聲攪混在一起，讓整條河流充滿神祕和危險。母狗靠了過來，坐在我的身旁——牠豎起雙耳，緊繃感官，我不知道牠是想陪伴我還是想尋求陪伴。或許牠聽見燈心草之間傳來低低一聲狗叫吧。我也沒辦法在那兒待上太久。我知道我的母親已經一如往常在廚房裡等著我——我從村莊傳來的煙味知道，夜晚她負責生火，但是我也知道，若是太晚回家，她一定會來河畔找我。我趕在她來之前，站了起來，踏上回家的路。我不太知道為什麼，也不知道該往那裡去，但是我跳過木橋，踏開步伐，朝著跟煙味相反的方向而去。

母狗不知所措地看著我——牠甚至停在橋上，猶豫了一下是否該跟著我，不過牠馬上追上來，繼續跟我上山。我們沿著通往貝爾布沙的那條路，緩緩地踏進橡樹林，感覺我們背後的煙霧跟河流逐漸變遠。那是個漆黑的夜晚，也許是我記憶中最漆黑的一夜。雲朵在白天時堆積在天空，而此刻，它數不盡的黑影堆疊在橡樹的影子上。我跟母狗在某個時間點迷了路。我們花了好久的時間，想找到路，但是沒有成功，越想找到，反而越是搞不清楚方向。真奇怪。我跟母狗對這條路瞭若指掌，我們走過那麼多遍，甚至能夠閉著眼睛就認出每個山坡和每棵樹，但是，那晚不知怎麼著，我們倆都找不到路。彷彿荊豆叢和橡樹聯合起來改變位置，愚弄我們；彷彿我們的四周忽然重新排列，通往貝爾布沙的那條路在我們腳下蒸發了。我忘了我們花了多少時間才找到路。我甚至忘了我們是不是曾經在找路時經過了那條路，但是我們倆都沒發現。我只知道，繞過一處斜坡時，我發現了出現在我們眼前的，是上隘口那棟老宅第燒剩的木頭和倒塌的圍牆。

我筋疲力竭，靠著橡樹，坐在草地上。我是那樣疲倦，幾乎無法呼吸。母狗跟我一樣，牠喘著氣，緊張兮兮，目光盯著那棟屋子不放。牠顯然不喜歡這個地方。儘管那場驚動屋子裡所有人和馬廄裡所有動物的駭人火災發生時——起火點似乎是壁爐，牠還沒出生——不只是牠，連牠的母親茉拉，或是茉拉的母親都還沒出生。經過這些年後，那慘不忍睹的牆壁和燒焦的氣味，依然引起母狗強烈的抗拒。對於我也一樣。那不過是十五年前的事，當時我跟艾涅爾和貝爾布沙所有的居民上山來這裡滅火，我記得那晚每個村莊的鐘都不停敲著，一直到凌晨時分，而擠在馬廄裡的牲畜驚恐的叫聲，以及多活了一個小時，頭髮和兩頰幾乎焦黑的那位老太太可怕的哀號聲，還深深地烙印在我的腦海裡。因此，每當我去貝爾布沙或回家，只要經過那裡，我就會在胸口劃十字架並加快腳步。但這一晚，我坐在橡樹之間，身旁跟著母狗，不再對附近的圍牆感到不安，相反地，我的理智變得清晰，情緒平靜下來。在山裡迷路好幾個小時之後，我終於找到可以回家的地標和道路。

就是在這一刻，我正準備起身回家——那種強烈的感覺又來了，忽然間我聽見從屋子焦黑的牆壁間傳來那聲淒厲的哀嚎。母狗開始嗥叫，一股強冷顫竄遍我全身上下。儘管如此，我還是轉過身要回家，然後走了幾步路。只有幾步，而恰恰這幾步讓我看到了她：那位老太太已經走到我面前，看進我的眼睛裡，哀求著，彷彿她從那天開始就一直在這裡等待有人回來救她。

沒錯。的確是她。同樣那件殘破的睡袍，同樣那頭白髮，而且還冒著煙，同樣那張焦黑的臉。我害怕不已，往後退去，然後朝著跟她相反的方向拔腿狂奔。母狗跟著我，跑過了斜坡，在我背後不停地嗥叫。忽然間，整座山似乎動了起來。橡樹默默地讓開一條路，荊豆叢發出跟在廚房裡燃燒一樣的劈啪聲，一股神祕的濃煙逐漸瀰漫山區，遮住我的視線。我被包圍在煙霧裡卻又再看到她。她站在斜坡的盡頭。她在等著我。恍若苦苦哀求的一抹黑色幽魂。我死命地跑，右轉，衝向灌木叢。她藏在路上的每一處陰影，每一個轉角處。繼續跑根本沒用，因為不管到哪裡，她都會在那裡等著我，不停地發出那種駭人、淒厲而無止無盡的哀號：「給我水，然後殺了我吧……！給我水，然後殺了我吧……！」

13

「給我水，然後殺了我吧……！」

可是，這句話是誰說的？這個從許久以前就一直不停迴盪的千篇一律聲音是誰的？

這個呼吸聲呢？是我的呼吸聲？還是我女兒最後——最後而且無法結束——的呼吸聲？

煙霧燒痛了我的肺，燒乾了我的喉嚨，我的聲音出現其他聲音的回音，和其他不屬於我的不規則呼吸聲：「爸爸，我好渴呀……！」、「給我水，然後殺了我吧……！」我快要死了，對不對？「給我水，然後殺了我吧……！」、「爸爸，我好怕……！」、「給我水，然後殺了我吧……！」、「給我水，然後殺了我吧……！」對，我要死了。我快要死了，這是真的。而且我好渴。還有我發燒了。還有我好怕。我快要死了，我的胸腔裡燃燒著所有往生者的聲音，所有我這輩子抽過的菸。我的一生已經毫無辦法，即將落幕。

我從枕頭起身。我尋找床欄杆冰涼的觸感。我深深地、慢慢地吸了一口氣，讓清涼的空氣猛烈地鑽進我的肺部。在完全恢復意識——完全？——之前，我再一次聽見了那位老太太哀嚎的回音：「給我水，然後殺了我吧……！」、「給我水，然後殺了我吧……！」。

「給我水，然後殺了我吧……！」

如果還有人留在艾涅爾的話，此時此刻，我也會乞求跟老太太一樣的事情吧。如果還有人留在艾涅爾的話。

但是只有我孤零零一個人。完全孤零零。面對死亡。

14

我聽過很多次，當人走到了這一刻，就算瀕死時身邊圍繞著親人和鄰居，還是得自己一個人面對。總之，每個人都要為自己的一生和死亡負責，這是個人的事。可是我懷疑——現在我的一生即將結束，當窗外的黃雨宣告死亡的降臨，只要一個溫暖的眼神，一句欺騙或安慰的簡單話語，或許就足以打破我此時此刻感覺到數不盡的孤獨，而且不只是暫時。

從好幾個小時前，黑夜已將我完全包覆。黑暗抹去了我四周的空氣和物品，整間屋子籠罩在一片靜謐當中。還有其他東西比此情此景更像死亡嗎？還有哪裡瀰漫比此刻圍繞我的還要純粹的寂然無聲呢？

一定沒有。一切一定都不會改變，不管是我的記憶，還是死亡確實佔據我的雙眼時。我的眼睛會繼續回憶，凝視，不僅限於夜晚和我的身體。我的眼睛會持續失去生命的光芒，永永遠遠，直到有一天有個人將它們從死亡的魔咒釋放。

直到有一天有個人將它們從死亡的魔咒釋放。可是那是什麼時候？還要等多久時間，才會有人找到我，好讓我的靈魂終於能跟我的身體一起永遠安息呢？

當艾涅爾還有居民時，死亡逗留在村莊裡的時間不超過一天。只要有人過世，消息會從一個接著一個鄰居傳開來，直到村尾，最後一個知道的人會離開屋子，到街上把消息告訴一顆石頭。這是唯一能擺脫死亡的辦法。唯一的期盼是，如滾滾洪流般不停歇的時間，起碼能讓某個過路的不知情旅客撿起那顆石頭。我做了這件事好幾次。比方老貝斯克斯過世那次。或者有一天晚上，沙巴爾家的卡西米羅被發現身中好幾刀，死在往科提亞斯那條路上。當時卡西米羅下山到費斯卡爾的市集賣幾頭羊，但是不曾帶著賣羊的錢回家。十天後，一個科提亞斯的牧羊人在一堆石頭底下，發現他的屍體。那時我在隘口牧羊，是最後一個知道消息的人。那天晚上，當所有的人都進入夢鄉，我回到他被發現的地方，把悲劇告訴其中一顆兇手為了藏屍體而堆在上面的石頭。

莎賓娜過世時，我沒把消息告訴石頭，而是到果園通知一棵果樹。那是一棵老蘋果樹，軀幹扭曲乾癟，是我父親在我呱呱墜地時種在井邊的，他想看在同樣時間內，我們倆長得如何。莎賓娜過世時，蘋果樹已經六十歲，幾乎不結果了。但是那年春天，樹上開滿了花，到了秋天，枝椏因為累累的蘋果而下垂。我讓那些肥美的黃蘋果留在樹上任憑腐爛，沒有摘下來吃，因為我知道那美麗的外表是靠死亡腐臭的汁液養肥的。

此刻，那甜美的汁液沿著我的血管緩緩地流動，當我嚥下最後一口氣時，艾涅爾已經沒人能幫我擺脫死亡。我將會是唯一一個，是第一個也是最後一個知道消息的人。因此，我就是那個應該要到街上告訴一棵樹或者一顆石頭我的死訊的人。可是我沒辦法去做。我也沒辦法跟莎賓娜過世那天一樣，親自到貝爾布沙拜託那兒的鄰居幫我葬了她。我別無他法，只能等他們來找我。我就躺在這裡，在這張床上，雙眼望著門口，與此同時，鳥兒和苔蘚會吞噬掉我的肉體，而死亡的汁液會慢慢腐蝕我的回憶。

15

時間一點一滴流逝，黃雨抹去了貝斯克斯家屋頂的黑色輪廓，以及月亮大而圓的線條。那是每年秋季都出現的同樣月亮。那是掩埋房屋和墳墓的月亮。那是讓所有人變老的月亮。那是一步步地摧毀他們的臉頰、信件和他們照片的月亮。那是有天晚上，在河邊侵入我的靈魂後，在我餘生不曾再離開的月亮。

其實，從那晚在河畔開始，雨就一天天淹沒我的記憶，把我的視線染成了黃色。不只是我的視線。山巒也是。屋子也是。天空也是。至於回憶還沒開始。一開始是慢慢的，接著隨著日子流逝的節奏，我四周的景物逐漸都染成了黃色，彷彿我的視線記住了景色，而景色恍若鏡子映照出我自己。

首先，是野草、房屋的青苔，還有河流。接著是整片天空。之後，是石板瓦和雲朵。樹木、水、雪、荊豆叢，甚至連土地都逐漸從泥土的黑色，轉變成因莎賓娜變質的蘋果黃顏色。起初，我以為是自己神智不清，是我的視線和我的靈魂交織而成的一曲短暫幻想，會跟來的時候一樣再次離開。但是那一幅景象依然存在。越來越清晰。越來越真實和具體。直到一天早上，當我起床打開窗戶時，我看見村莊裡的房屋完完全全地都染成了黃色。

我記得自己在村莊內閒盪一整天，好像在夢裡。儘管不容置疑，我還是不敢相信眼睛看到的景象。屋子的圍牆、牆、屋頂、門窗，所有我四周的一切都是黃色的。麥稈的那種黃色。暴風雨過後下午天際的那種黃色，或者惡夢裡閃電的黃色光芒。我可以看到它，感覺到它，摸到它，眼睛和手指都染了色，如同孩提時，在那間老學校玩墨水的結果。我以為是自己神智不清，是我的視線和我的靈魂交織而成的短暫幻想，但卻跟我還活著一樣真實。

那天晚上，我無法入睡。我坐在窗邊直到天色發亮，我裹著一條毯子，凝視樹葉慢慢地覆蓋屋頂和街道。而下面的門廊處，母狗悲傷地嗥叫，廚房裡，我的母親走來走去，不時給壁爐添柴火。他們倆一定感到很冷。天亮前，大概是清晨五點或者六點吧，我看見他們一塊出去，消失在房屋之間，如同莎賓娜還活著那時，大半夜母狗跟在她後面，踏上她那因為冬雪和瘋狂而永無止盡的漫步之路。可是這一次，母狗自個兒回來了，沒過多久，恰巧夜晚開始溶成一片死灰。牠停在屋子前面，然後安靜地盯著我看，彷彿是第一次看見我。就是在這個時候，我發現——在白天第一道曙光短暫的照拂下，母狗的影子也是黃色的。

發現不僅止於此。也不是最令人難受的：沒多久，我就發現連我的影子也變成黃色。但這一刻，我已經開始習慣顏色和影子的崩解，以及在感官留下的哀傷。我明白不是我的視線而是光線變調了。我可以在天空，在河中的空地，在屋子的房間裡，看到死寂和濕氣混在一起，變成一團黃色糊狀物。彷彿空氣開始腐爛。彷彿時間和景色，在碰到莎賓娜那棵蘋果樹的枝椏後，慢慢地崩解。當我恍然大悟時——在我知道母狗也死了的那晚，我拿起斧頭，下定決心將那棵樹砍得一乾二淨。但是我立刻發現一點也沒用。死亡的毒液彷彿一股緩慢的黃色濕氣，已經慢慢侵蝕了整座村莊，啃噬了房屋的木頭和空氣，滲入了我的骨頭。我周遭的一切已經死去，我也不例外，儘管我的心還在跳動。

我的心會一直跳動到今晚，但是它永遠無法安息。事實上，它會跟老鐘一樣，停止走動，幾分鐘或者幾個小時內吧——不論如何就是在天亮之前，再也不會因為瘋狂的夢而狂跳不止。夢就像冰塊，會麻痺也會凍傷人，但是會讓人沉溺在最甜蜜的內心深處。多少次，我坐在窗邊回憶童年那些漫長的夜晚，當時孤獨還不存在，害怕只是一層面紗，蒙住了夢即將到來的所有癥兆。多少次，當黑夜像是充滿死寂的空間，在我的眼前綿延而去，就算再也無法醒來，我還是希望夢裡的雪能夠凍住眼睛。但是從沒發生。我不曾再感覺到雪侵入我內心時那股難以征服的瘋狂。無止盡的黑夜過去了，我動也不動，躺在床上凝視它們褪去，或者不停地在家裡走來走去，而母狗在街道上嗥叫，母親坐在廚房裡等我。有時候，當心跳的節奏是那樣強烈，在屋裡或我的體內發出漫天震響，恍若就要爆炸的鐘，我會下床，或者待在窗邊熬夜，在村莊裡閒盪好幾個小時，處在孤獨和房屋的廢墟之間，直到晨光驚醒了坐在某個地方的我，我是如此不安、疲倦，根本不記得自己坐在那兒，是睡著了還是只是剛剛才到。

今天我也不記得自己多久沒睡了。幾天，幾個月，也許是幾年吧。我的人生有個時間點，回憶和日子混在一塊兒，在一個無法界定而神祕的時間點，回憶就像冰塊融化，而時間變成一幅靜止的景色，抓也抓不住。或許從那時之後已經過了好幾年了吧——在某個地方一定有個人會聊聊這些年。或許不是。或許我正在度過的這一晚，就是我明白自己已經死掉的那一晚，因此，我才睡不著。但不論如何，這還重要嗎？如果是過了一百天，一百個月還是一百年，那又怎樣？時間的腳步太快了，我還沒來得及看到是怎麼過去的。相反地，如果那一晚，那個黑漆漆而永不結束的那一晚，從黃昏之後開始綿延下去，為什麼現在要回憶一段不存在的時間呢？一段彷彿砂土覆蓋著我的心的時間啊。

16

死寂會猶如砂土覆蓋我的雙眼。猶如風無法吹到他處的砂土。

死寂會猶如砂土埋葬房屋。房屋會猶如砂土崩毀。我已經聽見它們的哀鳴。那樣地孤獨，那樣地悲悽。淹沒在風裡和樹木之間。

砂土會慢慢地落下，不照任何秩序，不帶任何希望，然後所有剩下的房屋會跟著一起倒塌。有一些頂著青苔和孤獨的重量，以很慢，非常慢的速度倒塌。還有其他的，以突然、猛烈和笨拙的方式，崩塌到地面，彷彿被一個耐心守候的無情獵人的子彈所擊落。但是所有堅持著無謂抵抗的房屋，不管遲早，不管多久，終有一天都會塌陷在它一直矗立的位置上，這是自從被第一個艾涅爾居民佔去後，大地一直在等待的歸還。

我這一間一定是先倒塌的其中一間吧（或許跟我一起倒下，而我甚至還在裡面）。恰諾家和勞羅家倒塌了，璜·佛朗西斯克家和阿辛家的屋子被雜草和灌木叢抹去它的回憶和圍牆，我家是最古老但是還矗立的屋子之一。但是，誰知道呢？希望它還能屹立不搖。希望它向我看齊，一直努力而頑強地撐到最後一刻，見證其他屋子慢慢地離開自己，一如我的鄰居丟下我一般。甚至，許多年過後，當有一天安德烈斯回家了，想讓他的家人看看艾涅爾，到時他還來的及看到老家矗立的樣貌，這是他父母努力奮鬥的回憶，是他遺忘我們兩老無聲的見證人。

但是那很難。如果有一天安德烈斯回家了，一定是想看到一大堆的灌木叢和一大片廢墟。如果他回家了，他會看到被黑莓阻斷的道路，淤積的水溝，坍毀的茅屋和房屋。往日的面貌已不復存在。老舊的巷道不見了。河畔的果園消失了。連他來到這個世界的那間屋子也蒸發了，他呱呱墜地當時，雪覆蓋了屋頂、街道和道路，暴風雪越颳越大。但是雪不再是那天安德烈斯悲傷的原因。他會在黑莓叢和腐朽的屋梁之間尋覓。他會在破舊的圍牆瓦礫堆間翻找，或許他會找到某張破損的椅子或是老舊壁爐的石板瓦，多少個夜晚，當他還是個孩子時，總是待在壁爐邊。所以這就是全部。沒有一張遺忘的肖像。沒有生命的痕跡。當安德烈斯回家時，他想知道的是已經失去一切。

當安德烈斯回到艾涅爾——如果有一天他真的回來，一定有許多人早他一步這麼做。貝爾布沙的人，艾斯皮耶雷的人，奧利維亞的人，蘇辛的人。耶西羅的牧羊人。畢斯卡斯的吉普賽人。昔日的鄰居。大家都會跟禿鷹一樣，過來參與我的死亡，在我走了之後帶走從這個村莊掠奪的戰利品。他們會破壞門鎖和大門。他們會洗劫房屋和茅屋，一間接著一間。包括櫥櫃、床鋪、衣箱、桌子、衣服、農具、生產工具，以及廚房裡的器具。所有好幾個世紀以來，我們艾涅爾居民嘔心瀝血的結晶，即將慢慢地散落到其他地方，其他屋子，或許是韋斯卡或者是薩拉戈薩的某間商店吧。這就是巴沙藍跟西亞斯那兒村莊發生過的悲劇。同樣也發生在卡斯巴斯。還有艾斯卡汀。以及貝爾瓜。很快地，悲劇也將在耶西羅和貝爾布沙重演。

只要我在這裡，就沒有人有膽來到艾涅爾，帶走左鄰右舍留下的物品。奧雷里歐那件事發生後，再也沒有人敢穿越隔開我跟他們之間的邊界，他們知道那條線是存在的。有一次，我看到有個人在道路上徘徊，或者躲在樹林間遠遠地監視村莊，但是只要看到我，全都落荒而逃。毫無疑問，他們害怕有一天我真的做到那次我在奧雷里歐他家門前撂下的狠話。

他們不知道的是——他們也永遠不會知道，當我看到他們，我自己也會感到害怕。但是不是怕他們。也不是怕他們的獵槍。我害怕的是自己。我害怕如果有一天，當我在山裡與某個人發生正面衝突，真正的反應會是什麼。事實上，奧雷里歐那件事，不過是個警告，是個威脅，唯一的用意是嚇阻他，好讓其他人不敢回來騷擾我。但是我從沒想過真的那樣做。我也沒想過——至少那天沒那樣想，他膽敢回來的話，我是否真的能冷血地對他扣下板機。因此，當我看到有人在道路上徘徊，或者躲在樹林間遠遠地監視村莊，我會害怕自己——害怕我的獵槍和我的冷血，我會躲起來。

但再過不久，我的人生就要落幕了。再過幾分鐘，或許幾個小時——不論如何就是在天亮前，我將會跟那些往生者一樣圍坐在爐火邊，艾涅爾將會完全變成一座空蕩蕩的村莊，毫無抵禦之力，任憑那些監視它的人擺佈。或許他們還要一段時間才敢靠近吧。或許他們還在等著證實，我是不是真的已經死了，是不是沒辦法帶著獵槍迎接他們。可是，當貝爾布沙的鄰居發現這件事，就在我的身體終於下葬的隔天，可能就從貝爾布沙的鄰居開始，所有的人會如同害獸，撲向村莊毫無抵抗能力的屋子，而這座村莊再過不久就會跟我一樣死去。於是就這樣，安德烈斯回來那天，他所能發現的只有一大堆的灌木叢和一大片廢墟。

但是安德烈斯或許永遠都不會回來。或許時間踩著無情的腳步，緩緩地往前邁進，而安德烈斯還沒忘了他離開的那晚，我對他說過的話。或許這樣比較好吧。或許我自己今天早上應該寫封信給他——然後把信擱在床邊的夜桌上，當貝爾布沙的那些人來的時候能發現，讓他再一次憶起那天的話：永遠都不要回來。至少能讓他感到苦澀，看見村莊倒塌，自己的家跟父母都被青苔所覆蓋。

然而寫信太遲了。來不及讓安德烈斯想到，如果他沒走，決定留下來待在我身邊，待在他母親身邊，這座村莊會變成什麼模樣，他的家現在會是什麼模樣。這一切已經太遲。雨水洗去了我眼中的月亮，在這夜晚的靜謐中，我聽見了遠處傳來植物淒厲的呢喃，彷彿是那些在我血液中腐爛的蕁痲的低語。那是已接近的死亡那綠色的呢喃。正如同我在女兒和父母房間裡聽到的同樣聲音。那種在墳墓裡，在遺忘的照片裡滋養出來的聲音。那是艾涅爾已沒人能聽到但是一直還存在的唯一聲音。它會跟著夜晚變大，如同樹木一樣。它會隨著雨水和三月的陽光腐爛。它會侵入房屋的走廊和房間，趁著屋子倒塌時，趁著孤獨和蕁痲逐漸抹去圍牆、塌陷的屋頂，以及蓋了屋子並住在裡面的人的遙遠回憶。但是沒有人能聽見。連毒蛇都聽不見。連鳥兒都聽不見。沒有人會靜下來聆聽——如同我此時此刻正在聆聽，那個當植物和死亡的寒冷侵入時，來自屋子血肉的綠色哀鳴。而有一天，當一年年過去之後，或許有個旅人正好經過屋子旁，卻不知道他的一旁曾經有一座村莊。

或許只有安德烈斯回來，或許只有他忘了我曾經撂下的威脅，或者當他也上了年紀後，憐憫和鄉愁終於讓他醒悟，他會在這棟屋子留下的遺跡的石頭之間尋覓，會在野草底下翻找他父母的回憶，而誰知道呢？或許他也會在黑莓叢之間，發現一個刻有我名字的石板以及墳墓的形狀，那是我很快即將闔上眼睛並等待他的地方。

17

今天早上，我在莎賓娜和莎拉中間，替自己挖好墓穴，我只靠一把鏟子，並耗盡了最後的力氣。在這之前，我得先拿鐮刀砍掉入口的黑莓叢，以及完全掩蓋墓園的蕁麻和滾草交織的厚網。自從莎賓娜下葬後，我就不曾再踏進這裡一步。

當他們看到墓穴時——如果是很久過後，或許再一次長滿蕁麻也積了水，不只一個人會這麼想：艾涅爾的最後一個居民，索沙斯家的安德烈斯一定是發瘋了。除了瘋子和遭判刑的人外，還有誰會替自己在死前或處決前挖好墓穴？但是我，索沙斯家的安德烈斯，艾涅爾的最後一個居民，並沒有發瘋，也不覺得自己遭到判刑，除了我一直到臨終前，都瘋狂地忠於我的回憶和屋子，除了他們對我的遺忘才真的是一種判刑。我挖好自己的墳墓，只因為不想被埋在離妻女太遠的地方。

我也考慮過替自己打造一口棺材，一如我曾替父母打造他們的棺材，以及我的父親也曾替他的父母做過。總之，沒有人能替我做棺材。但我辦不到。我準備給自己打造棺材的木頭還是濕的，儘管我春天的時候已經砍好，當時還是趁著下弦月，以免學校的那棵老椴樹受苦，它的木頭可以在地底下支撐許多年。這是我還小的時候從父親那裡學到的祕密。我們都沒發現活著的樹木都會感覺、會難過，當斧頭砍進它的血肉，它會痛得扭動，形成條紋和節瘤，之後黴菌和蛀木蟲就會從那兒入侵，終有一天，蛀蝕整塊木頭。相反地，趁著下弦月樹木睡著的時刻下手，就像是人在熟睡時忽然過世，一點也不會感覺到自己被砍倒了。於是，它的木頭能保持光滑、平整、堅固，可以在地底下耐得住多年的腐爛。

我總是希望這樣死去：跟睡著的樹木一樣，跟昏睡的椴樹一樣，在夜晚的寧靜當中，在月光底下。不過我沒這麼幸運。我不只是一個人孤單死去，無依無靠，我還能感覺到每一刻冰冷是如何竄過我的血管。我不只清醒地在鬼門關前徘徊——清醒而且睡不著，而且是從好幾晚以前，睡夢和它的奧祕已經離我遠去。除此之外，月亮不但沒讓我睡去，沒幫助我對抗死亡，而是消失離我遠去。

我的身邊已經沒人了。母狗不在了。我的母親也不在了。我的母親今晚沒來陪我——或許她跟莎賓娜和莎拉在我的墳墓邊等我，而母狗已經躺在街道上的一堆石頭底下。可憐的母狗。不管我再怎麼努力，只要我的心臟還沒停歇，我就忘不掉牠最後的眼神。牠永遠無法了解我為什麼要這麼做。牠永遠不會知道，我讓牠永遠離開我的身邊，感覺到什麼樣的痛苦。這些年來，牠是唯一沒丟下我離開的生物，甚至今天早上，牠還陪我去一趟墓園，動也不動地待在入口，一臉不解，彷彿想知道我在挖誰的墓穴。之後，牠跟著我回家，跟平常一樣躺在門廊的那張長椅底下，準備好再一次凝視街道午後漫長的時間過去。當牠看到我再度出門，揹著獵槍，眼睛都亮了起來。我們已經很久沒上山了，於是牠一邊吠叫一邊跑著，還跳了起來。抵達教堂時，牠回過頭。牠安靜下來，看著我，彷彿問我為什麼拿著槍指著牠。我沒拖太久。我已經無法再忍受一秒牠那悲傷而忠誠的眼神。我閉上眼睛，扣下板機，聽見了槍聲在房屋之間迴盪，猛烈而久久無法結束。幸運的是，子彈打碎了牠整個腦袋。那是我僅剩的彈匣。我特地為了牠留了好幾年。

18

沒有人知道這段經過。沒有人記得我，或者我結束自己生命的時刻。

他們丟下我一個人在這裡，孤孤單單，像條狗啃噬我自己的孤獨和回憶。

他們丟下我一個人在這裡，像條癩皮狗，被孤獨和飢餓逼得啃噬自己的骨頭。

如果我能對自己做出對母狗所做的事就好了；但我若是沒把那個彈匣保留到最後，沒鼓起勇氣殺牠，或許牠最後會啃噬我的骨頭。牠會在這裡，有一天爬上來啃噬我的屍體，填飽牠的飢餓。

因為就算我死了，牠也不會丟下我離開。即使幾天沒看到我，沒聽見我在家裡的腳步聲，牠也不會離開艾涅爾，到其他村莊去找另外一個主人跟另外一間房屋。牠會留在那裡，待在門廊寸步不離，白天監視村莊的入口，夜晚對著月亮嗥叫。然後有一天，當一切都結束了，當牠再也站不起來，當牠再也張不開嘴巴，當牠的視線開始模糊，牠會躺在一個角落，正如同今晚的我孤單等待死亡的降臨。

葛文的狗就是那樣，那個老牧羊人跟他的狗共度人生最後的十五年光陰，他死後，孤單的狗如同安德里安老先生，失去了家、主人和綿羊。接下來幾天，狗兒躺在門前，幾乎沒離開過牠的位置，牠日以繼夜地悲傷嗥叫。我跟莎賓娜有時會帶塊硬麵包，或者當時還是狗崽的母狗不要的骨頭殘塊。但是牠沒碰食物。當我們帶食物過去時，也不讓我們靠近屋子。我們得把食物裝在盤子，擱在街角，與此同時，牠遠遠地對著我們發出威脅的嗥叫。一天晚上，我再也忍受不了牠那悲涼的叫聲，我拿著獵槍準備出門了結牠。但是夜裡一片漆黑，我沒射中。狗兒流著血逃了，痛苦地哀號著，接下來三、四天，我們還能聽到牠在山裡的嗥叫，直到牠的血流乾了，或者被狼群吃掉了，一天晚上，牠的哀叫聲嘎然永遠地消失了。

這也是很快即將發生在我身上的事。如果我不是一條狗，那會是什麼呢？這些年來我孤單一個人留在這裡，不是一條忠於這間屋子和艾涅爾的狗，那會是什麼呢？

這些年來，我一個人孤單待在這裡，被大家所遺忘，註定要啃噬自己的回憶和身體，我日以繼夜守護艾涅爾的道路，不准任何人靠近村莊。這些年來，我一個人孤單待在這裡，就像一條狗，我看著一天接著一天，一個月接著一個月過去，等待終有一天有人能想起我，對我做出今天早上我對母狗做出的事。

19

我從不怕它。孩提時也不怕它。黃雨讓我看到它的祕密的那晚也不怕它。

我從不怕它，因為我一直知道它也是個帶著老狗的孤單可憐獵人。

有一次，看到它沒來，我甚至想著，它或許忘記了我還活著，便打算去做莎賓娜和它之間應該曾做過的事。但是我沒有力氣。我甚至無法實現心願，只敢想想而已。我總在最後一刻，鼓不起需要的勇氣，將獵槍的槍管塞進嘴裡，感覺子彈打碎腦袋。

但是我從不怕它。我不怕它這個帶著狗的獵人，這些年來，我在夜裡呼喚過它好多次，乞求它對我做出今天早上我對母狗做出的事。

然而，它遲了很久才聽到我的呼喚。比我以為所能忍受的還要久的時間。我等待了它那麼久，甚至此時此刻，我害怕一切只是一場夢，再過一會兒，黎明又會將我帶回來。

但不是的。這不是夢。是它，正在寂然無聲的夜裡呼喚我的名字。是它，正緩緩地爬樓梯上來。它穿過了走廊。它靠近了我眼前的這扇門，但是我已經看不見了。

20

有人會點燃蠟燭，就著燭光照亮我已空洞的眼眶。他們會把蠟燭放在床邊的夜桌上，然後，所有的人會離開，又留下我一個人在這裡。

他們會待在廚房一整夜。他們會點燃爐火——過了這麼多天之後，然後大家一起等待破曉來臨，數著一分一秒過去。夜晚還沒褪去，沒有人敢再回到樓上查看蠟燭是不是還點著。直到白晝到來之前，也沒有人敢離開廚房。他們一整晚都會坐在那裡，一起圍著爐火，提不起膽講故事和聊天，替等待的時間增添一點愉快的氣氛，他們不知道我母親的幽魂一如往常，正在他們身旁，跟他們坐在靠近爐火的地方。

在廚房等待那麼多個小時，直到破曉後，他們會再一次回到街道上，帶著一種怪異的感覺，彷彿經歷一場永無止盡的可怕惡夢。甚至有人在呼吸霜雪冰涼透人的空氣時，腦中會驀地閃過一種感覺，他在這間屋子度過的夜晚，不過是已經遺忘的童年某些夜晚不愉快的回憶。但是窗戶裡還看得到燭光，提醒他們我還在樓上。除了燭光，還有水果的腐臭味，那天早上那股氣味會如同現在，圍繞那棵吸取莎賓娜血液的蘋果樹。於是，彷彿所有人事先都已取得共識，他們沒浪費任何時間，其中幾個到其他屋子去找木板——從大門和樓面拔起的破損木板。與此同時，其他人回到這裡將我用毯子包好，搬到樓下的廚房。

我只在那裡停留到他們完成棺材。我一定不需要等到貝爾布沙的人全都來。因為沒有人會去找他們。沒有人會記得下山到奧利瓦去拜託神父上山到這兒替我舉行葬禮。完成棺材後，他們會將我扛在肩上，默默地走過長滿滾草和蕁麻的街道，直到今天早上我在莎賓娜和我的女兒中間挖好的墓穴。他們甚至不會念祈禱文。他們會拿起我留在那裡忘記帶走的鏟子，用泥土掩埋我，就在這一刻，對於我跟艾涅爾來說，一切已經落幕。

或許他們還會在艾涅爾多待幾個小時吧，到村莊裡的屋子，尋找工具和一些家具，或者某張還可以帶回家使用的床鋪。村莊的寂然，和知道我已經入土為安，一定讓他們安心許多。或許，他們會等待搜完所有的屋子再回家。可是，黃昏降臨後，當風再一次吹過街道，開始敲打門窗，他們就會收拾自己的東西，踏上返回貝爾布沙的路程。

當他們到達上隘口高處的時候，天色一定又變黑了。一片黑漫漫就像一波波海浪沿著山巒前進，溫和模糊的太陽染上了一層血紅，拖著腳步經過他們面前，幾乎是有氣無力地照撫著荊豆叢和一堆殘磚碎瓦，那是昔日矗立在上隘口的一棟孤單的屋子（在嚇醒睡夢中一家子和他們所飼養牲畜的那場惡火發生之前）。帶領整支隊伍的那個人會在屋子旁停下腳步。他會凝視廢墟和籠罩這兒的駭人死寂。他會默默地在胸前比劃十字，然後等待其他人跟上來。當所有人都在一起了，他們會在燒毀的大宅第老舊的牆壁邊，再一次凝視夜晚如何籠罩艾涅爾的屋子和樹木，其中一個人又比劃一次十字，低聲呢喃：

「夜晚是逝者的世界。」

作者

胡利歐・亞馬薩雷斯 Julio Llamazares

西班牙著名作家，一九五五年出生於西班牙西北方雷翁省已消失的村莊維加迷岸。大學專攻法律，但早早離開律師行業，轉而投身新聞業。一九八三年出版第一本小說《狼月》（*Luna de lobos*），一九八八年出版《黃雨》（*La lluvia amarilla*）。兩本小說都進入國家文學獎（Premio Nacional de Literatura）決選。他的作品主要分成三類：旅行文學（如《遺忘的河流》（*El río del olvido*）、短文，以及新聞體文學，讓大眾看到新聞也是文學的一面。他多年來創作不輟，作品遍及小說、詩詞、小品、旅行文學、電影劇本，並得過許多獎項。亞馬薩雷斯的用字遣詞鮮活、精準，他的藝術家特質、擅於營造詩意氛圍的天分，以及獨樹一格的特色，讓他成為當今西班牙最具分量的作家之一。

譯者

葉淑吟

大學西語系畢業，喜愛拉美文學。譯有《謎樣的雙眼》、《命運晚餐》、《風中的瑪麗娜》、《小小的愛》、《消失的綠色鋼珠筆》等書。

國家圖書館出版品預行編目資料

黃雨／胡利歐．亞馬薩雷斯（Julio Llamazares）
作；葉淑吟譯. -- 二版. -- 臺北市：馬可孛羅
文化出版：英屬蓋曼群島商家庭傳媒股份有限
公司城邦分公司發行, 2021.07
面；　公分. --（Echo；MO0040X）
譯自：La lluvia amarilla
ISBN 978-986-0767-10-0（平裝）
878.57　　110009337

【Echo】MO0040X

黃雨

La lluvia amarilla

作　　者❖胡立歐．亞馬薩雷斯 Julio Llamazares
譯　　者❖葉淑吟
封面設計❖井十二設計研究室
排　　版❖張彩梅
總 編 輯❖郭寶秀
責任編輯❖李雅玲
行銷業務❖許芷瑀

發 行 人❖凃玉雲
出　　版❖馬可孛羅文化
10483台北市中山區民生東路二段141號5樓
電話：(886)2-25007696
發　　行❖英屬蓋曼群島商家庭傳媒股份有限公司城邦分公司
10483台北市中山區民生東路二段141號11樓
客服服務專線：(886)2-25007718；25007719
24小時傳真專線：(886)2-25001990；25001991
讀者服務信箱：service@readingclub.com.tw
劃撥帳號：19863813　戶名：書虫股份有限公司
香港發行所❖城邦（香港）出版集團有限公司
香港灣仔駱克道193號東超商業中心1樓
電話：(852) 25086231　傳真：(852) 25789337
馬新發行所❖城邦（馬新）出版集團Cite (M) Sdn Bhd.
41-3, Jalan Radin Anum, Bandar Baru Sri Petaling,
57000 Kuala Lumpur, Malaysia
電話：(603) 90563833　傳真：(603) 90576622
讀者服務信箱：services@cite.com.my
製版印刷❖前進彩藝有限公司
二版一刷❖2021年7月
定　　價❖340元

ISBN：978-986-0767-10-0（平裝）
ISBN：978-986-0767-12-4（EPUB）

城邦讀書花園
www.cite.com.tw